# 夏休み物語—昭和篇

浦野興治

発売：右文書院
発行：レック研究所

表紙・扉イラスト／たかやなぎ ゆき
装幀・制作／テクネ編集室

目次

# 一章　貝掘り

このもの語りは昭和三十年代後半の、団塊の世代の人たちが小学高学年のころの話です。当時、諫早湾には、まだ干潟のがた海がありました。例年、集中豪雨をともなう梅雨があけますと、一点の曇りもない青空が広がります。待ちにまった*ぬっか夏休みの始まりです。

夏休みに入ってすぐでした。僕は真向かいの内村《うちむら》さん家《ち》の正夫《まさお》くんに誘われて貝掘りに行きました。真向かいの内村さん家は半農半漁です。二階建ての立派な母屋があって、離れ家の階下には納屋があります。その納屋には収穫した穀類や農機具を仕舞っておける部屋が四つもあります。ほかに母屋の裏に離れが一棟、表のほうにやぎ小屋と牛小屋があります。母屋の前の庭は、ものすごく広いのです。茣蓙《ござ》を全面に敷いて、浜から採ってきたアミを干したり、*かんころ餅の材料にするさつまいもの輪切りを天日干しにしたりします。庭に続いて畑があり、母屋のすぐ横から、ずっーと先まで細長い一反*ほどの田圃があります。田植のとき、僕はこの田圃をよく手伝っていました。田圃は、ほかに小学校の裏のほうの丘になん枚か、僕にはわかりませんが、段々畑と棚田があるそうです。そして、浜にはポンポン船が一隻船溜まりに停泊しています。ポンポン船とは焼き玉船のことで、気筒の中で焼き玉がはじけるとき、ポンポンという音を出すので、そう呼んでいます。このポンポン船でがた海の諫早湾に乗り出すのです。まだ一回も行ったことのない二つ島のあたりまで行くのですから、僕は嬉しくてたまりませんでした。

　内村さん家からは、僕より二つ年上の中学二年の正夫くんのほかに、離れ家に住んでいる青年団の三郎兄《さぶろうあん》ちゃんとごま塩頭の松《まつ》じいちゃん、それから、最近、母屋の裏の離れに住むようになった出戻りの桃子《ももこ》おばちゃんが一緒に行きます。決して遊ぶに行くわけではありません。内村さん家の浜の仕事を手伝うのです。中学生の正夫くんは、もう立派に一人前の仕事をしています。今日の水揚げは何キロで、何千円の売り上げがあったというぐわいに、大人の会話にも口を出しています。ですから、正夫くんに誘われたとき、僕はなんとなく男

*ぬっか（暑い）　*かんころ餅（さつまいもと餅米で作った甘いおやつ）　*一反（10a）

として一人前に扱われたような気がしたのです。なにを隠そう、僕はちびなのです。朝礼で背の高い順に並ぶとき、たいてい一番前か、二番目なのです。それで、僕はつい誰かに「どぎゃんな！」と威張りたくなるような気分だったのです。

僕は正夫くんに教えてもらいながら、内村さん家の縁側で今日の分の「夏休みの友」を終えると、さっそく家に帰りました。家に戻ってまず、僕は小学三年の妹の里美《さとみ》を呼びつけて「こいかい、正夫しゃんと貝掘りに行くとばい。ポンポン船にも乗ると」と羨ましがらせて見せました。

すると、妹は案の定「うちも付いて、行きたか」と言ってきました。

「女子《おなご》は行かれんと！」

僕はそう言ってやりました。

「どがんして、行かれんと？」

「女子は力のなかやろが。そいに、*わいは泳げんたい」

「泳ぐぅー！」

妹が涙ぐんできました。

そのとき、母が「祐二《ゆうじ》！」と僕の名を呼びました。

「そぎゃんことは、言わんとばい！」

　僕は海水パンツの上から日焼けよけ用のランニングシャツを着ました。それから、左右が真ん丸い輪っか状の水中メガネを手に取ると、叱る母の声を背中で受けながら、玄関を飛び出し、内村さん家に引き返しました。


　僕たちは三郎兄ちゃんが運転する耕耘機《こううんき》に乗って、両側に稲穂が青々と繁った農道を真っ直ぐ浜まで行きました。浜には内村さん家の茅葺《かやぶき》小屋があります。その小屋からがたスキーやら、網、釣竿、桶などを船に積み込むのです。まだ潮の引いていない、満潮の船溜まりには、何十隻と小船が繋がれていますが、そのなかで排気筒の付いたポンポン船は、やはり数えるくらいしかありません。ほとんどは櫓《ろ》で漕ぐ小舟です。

　三郎兄ちゃんが燃料の重油をタンクに入れ、油の付いたぼろ布にマッチで火をつけ、気筒の焼き玉を暖めています。いよいよ発動機を始動させて出発です。はずみ車を勢いよく回転させますが、一回目はうまく始動せず、プスプスとい

＊わい（あんた）

う情けない音を立てて、発動機は停まってしまいました。しかし、三回目でポンポンと弾けるような大きい音が出たかと思うと、うまく発動機が回転し始めました。

　船首のほうで正夫くんが錨を揚げ、船尾では松じいちゃんが船溜まりに繋いでいたロープをはずし、船に飛び乗りました。三郎兄ちゃんが一段高くなった運転席で、発動機を全開にします。排気筒から、夏の青い空に向かって、白くまん丸い輪っか状の煙が勢いよく、いくつも立ち昇っていきます。

　正夫くんは錨を揚げると、そのまま船首にまたがりました。両足でしっかりと体の重心を支えています。僕は船の中央にあるぶ厚い横板に腰掛けています。僕の隣には桃子おばちゃんがいて、うるさいほど「ゆーっと掴まっとかんばばい！」と言ってきます。まるで子ども扱いです。ですから、僕は「せ*からしかばい」と思いながら、気づかれないようにこそっと桃子おばちゃんから離れるのですが、すぐに見つかって引き戻されます。それで、仕方なく僕は桃子おばちゃんに掴まれたままじっとしています。ぶ厚い横板の縁につかまっている手と座っている臀部《でんぶ》に、焼き玉船の心地いい振動が伝わってきます。それから、かすかにですが、潮風と一緒に、忍者みたいに覆面をした桃子おばちゃんからクチナシの花のいい匂いが漂ってきています。

正夫くんはほとんど何も喋らずに、ずっとがた海の彼方を見つめています。真っ黒に日焼けしていて、ランニングシャツの下には、僕と違って赤いふんどしを締めています。僕はランニングシャツに海水パンツです。本当は正夫くんと同じように、ふんどしを締めたいのですが、ふんどしは中学生にならないと、締め方を教えてもらえません。

三郎兄ちゃんはくわえ煙草をしています。潮風に吹かれて、その煙草の煙が後方に棚引いています。松じいちゃんも船尾に腰掛けて、目を細くしてキセルで刻み煙草を吸っています。

すべて国鉄職員の僕ん家《ち》にはない光景です。僕には高校生の兄がいますが、大学受験に忙しく、以前のようには遊んでもらえなくなりましたし、父は煙草のみではありません。海水浴には国鉄の「海の家」によく連れて行ってもらえますが、このようにポンポン船に乗って、貝掘りに行くということは、まずありません。

*せからしかばい（うるさいんだよ）

僕はずっと夢心地でした。

ポンポン船はやがて、二つ島の手前までやって来ました。スピードが鈍くなり、間もなくして発動機が停まりました。しばらく波間を漂い、船首と船尾のほうで錨が投げ下ろされました。

対岸の島原半島はすぐそこです。人家の黒瓦屋根が見えます。一方、後ろを振り返りますと、僕たちの町はずっと遠くで、ここからは多良岳と緑一色になった田圃ぐらいしか見えません。いくら泳ぎが達者だからといって、泳いで帰ることはまず無理でしょう。それに、潮が引いてしまうと、がたの上では泳げません。また、がたを歩いて帰るということもできないのです。がたは浅いところもあれば、深いところもあります。もし深みにはまって腰まで埋まってしまうと、もう命取りです。有明海の干満の差は六メートルといわれているように、その潮の満ち引きのスピードは速く、深みにはまってモタモタしているうちに、波に呑み込まれてしまうのです。大人なら、なんとかできるでしょうが、子どもの力ではどうにもなりません。

僕はふと「とぜんなか……」と思いました。涙ぐんでいた妹の里美のことを思い出しました。妹は今ごろ、きっと母と一緒に、昨日の残りもので、昼ご飯を食べていることでしょう。僕も貝掘りに行かなかったなら、たったひとりきりではなくて、夏休みだから中学生の姉たちとも一緒に、昼ご飯を食べているころです。

錨を下ろして、船が潮の流れで揺れなくなると、桃子おばちゃんは運転席の船底から風呂敷に包まれた四段重ねの重箱を取り出しました。これから弁当の握り飯を食べながら、潮が引くのを船上で待つのだそうです。

重箱の蓋を取ると、中には真っ白い米の握り飯に、卵焼き、マルハのソーセージ、たくわんが詰まっていました。僕は真っ白い米の握り飯と卵焼きに目を奪われました。僕ん家は七人家族で、めったに米ばかりのご飯を食べたことがありません。麦が入っていたり、サツマイモが入っていたりします。卵焼きも、メリケン粉のほうが多くて、白みがかっています。しかし、マルハのソーセージは国鉄の物資部で安く手に入るため、これは弁当のおかずとしてよく食べますから、珍しくありません。正夫くんが最初に手に取ったのは、このマルハの

*とぜんなか（さみしい）

ソーセージです。けれでも、僕が最初に手にとったのは、握り飯でした。二番目が卵焼き。三番目がたくわん。マルハのソーセージは最後です。

「うまかな?」

正夫くんが声をかけてきます。

「うん。うまか!」

僕は握り飯にかぶりつきました。

「こんソーセージば食《く》うてみんしゃい。うまかばい」

「うんにゃ、よか。おいはこん握り飯がうまかと」

「ありゃ、祐二は変わっとるばい」

正夫くんは「握り飯なんか、いつでん、よ*んにょ食べらるっとんば」と思っていたにちがいありません。

と、顔の覆面をとった桃子おばちゃんが「祐ちゃんな、握り飯が好《す》いとると? そいはよかばい」とにこりとして言いました。それから「ほら、ここにもべ*ったいあるけん、よんにょ食んしゃい」と、もう一つ別の風呂敷に包まれた二段重ねの重箱を取り出しました。その重箱には真っ白い米の握り飯だけが三つずつ三列に、びっしりと詰められていました。

僕はそれを見て、思わず「よかとー！」と叫んでいました。

桃子おばちゃんは僕を見て、にこにこしています。

「こぎゃん白か握り飯は、食うたこともなか。食うてもくうても、麦は出てこんばい。ほんなこつ、うまか！」

僕はいつもなら、三つぐらいしか食べられない握り飯を、このときは四つも食べてしまいました。でっかいアルミの薬罐から麦茶を竹のコップで、二杯ほど飲むと、もうお腹《なか》には何も入りません。

僕は大きくふくらんだお腹を自慢げに正夫くんに見せました。ですが、正夫くんのお腹は、握り飯を四つ食べてもそれほど変わりません。三郎兄ちゃんのお腹もそうです。僕は「やっぱー、大人はちごうばい」と思いました。大人は握り飯をたくさん食べても、僕のようにお腹はふくらまないのです。

そのとき、桃子おばちゃんが「うんにゃー、ほんなこつ、べったい食うたたい」と言って、僕のお腹をなでてくれました。

「祐ちゃんな、おもしろかね。食うてもくうても、麦は出てこんやったね」


*よんにょ（いくらでも）　*べったい（たくさん）

桃子おばちゃんは、そう言って笑っています。

桃子おばちゃんは、暑いときも寒いときも、家にいるときも外にいるときも、いつでも首にスカーフを巻いています。中学生の姉たちが言うには、長崎の造船所でピカドン*にやられたからだそうです。

諫早湾のがた海は、まだ干潮にはなっていませんが、潮の流れが変わったようで、沖のほうへとどんどん潮が引いています。

このころ、僕はどうしたことか、急に便意を催していました。握り飯を食べ過ぎたせいでしょうか。船には便所なんかありません。家に帰って、便所に行くというわけにもいきません。三郎兄ちゃんに頼み込んで、発動機をなんとか動かしてもらって、対岸の島原半島につけ、そこでよそん家《ち》の便所を借りるということも、こんなに潮が引き始めては、もう無理です。がたでスクリューが空回りして、発動機が壊れるだけです。こうなると、なんだか心細くなってきます。僕はがまんできず、正夫くんに小さな声で「クソしたか」と言いました。

すると、正夫くんは聞こえなかったのか、あるいは聞こえないふりをしたのか、「なぁーんて？」と訊き返してきました。

「クソしたかと……」

僕は再び小さな声で言いました。

「なんば、言いよると？」と、また正夫くんが訊きました。

僕はしかたなく、大きな声で「クソしたかと！」と言ってやりました。

と、少し間があって、正夫くんが「へっへっへ……」と声を立てて笑いだしました。

「こぎゃんとこには、便所はなかばい」と言って、正夫くんはまだ笑っています。

僕は、そんなに大袈裟に笑わなくてもいいのに、と思いました。父は「出もの腫れもの所かまわず」と言って、道を歩きながらも、オナラを「ぷっぷ、ぷっぷ」とします。我慢するのがいちばん、体によくないのだと言って……。

「我慢できんと？」

桃子おばちゃんが声かけてきました。

僕は懸命に「いんのクソ、いんのクソ」の呪文を唱えていました。

＊ピカドン（原子爆弾）

いんのクソとは犬の糞のことで、犬のウンチはなかなか出てきません。背骨を弓並みにして頑張っているのに、それでも出ません。そのことから「いんのクソ」の呪文を唱えると、ウンチが我慢できると言われています。

「いんのクソ、いんのクソ……」

「そぎゃん、我慢できんと。我慢できんとなら、がたにすればよか」

桃子おばちゃんも、白い歯をにっと見せながら、そう言ってきました。

僕は「いんのクソ」を引き続き唱えていました。

そのときです、僕がびっくりしたのは。というのは、ほんのさっきまで船はがた海に浮かんでいたはずなのに、今ではあたり一面に灰白色のがたが現れて、船はがたの上に乗っかっているではありませんか。

「ありゃー！　潮の引いとる」

「おい、祐二。下りるばい」

正夫くんがさっそく、船の縁につかまりながら、がたに下りました。桃子おばちゃんは竹籠《てご》をがたの上に放り投げると、ひょいと跳び下りました。

僕も正夫くんを真似して、船の縁につかまってがたに下りたのですが、ヌルヌルとぬかるんでいて、なかなか足が地べたにつかないのです。僕は急に恐ろしくなって、船の縁にしがみつきました。何回やっても駄目です。足が地べたにつきません。怖いのです。一方、正夫くんは僕がオロオロしている間に、片手をがたの中に突っ込んで、もう貝掘りに夢中になっています。

三郎兄ちゃんと松じいちゃんは、それぞれ慣れた手つきでがたスキーを下ろし、大きな桶をくくりつけています。松じいちゃんはがたスキーに、扇形に広げられる網を乗せ、左足の膝をついて、桶につかまり、もう一方の右足でがたを蹴って、スイースイーと沖のほうへどんどん滑って行きました。三郎兄ちゃんは釣竿を二、三本、がたスキーに乗せると、二つ島のほうへ、これもがたスキーをうまくあやつって、スイースイーと滑っていきました。

船にはもう誰も乗っていません。残っているのは僕だけです。正夫くんと桃子おばちゃんはしきりに手招きしながら、「おーい、早く下りてこんか！　置いて行くばい」と叫んでいます。

しかし、僕はどうしてもがたに下りられません。ぬるっとしたがたの感触が、なぜか、気色悪いのです。こんなことはかつて経験したことがありません。浜に遊びに行けば、がたにはまって泥だらけになってもなんともありませんでした。おまけに、ぬるっとした気色悪い感触は、何ものかによって足を引っ張られているような気もするのです。もし、そうなら、助かりっこありません。何せ、相手は有明海の不知火《しらぬひ》の妖怪なのですから……。

僕は再び便意を催してきました。どうにも我慢できそうにありません。「いんのクソ」をいくら唱えても、今度ばかりは駄目です。

そのとき、僕はふと「二つ島に行けばよか！」と思いました。二つ島に上がって、そこでウンチすれば、わけないことでした。正夫くんと桃子おばちゃんは、その二つ島に向かってどんどんがたのなかを歩いています。僕は勇気を出して、反対側から、つまり僕たちの町が見えるほうからがたに下りてみました。

すると、どうでしょう。こちら側のがたはそれほど深くなくて、僕の膝ぐらいで地べたにつきました。僕はこれくらいだったら、大丈夫だと思いました。しかし、肝腎の正夫くんと桃子おばちゃんを追かけることはできません。少し進むと、急にがたが深くなって、足を取られて動けなくなるのです。それに、二つ島に行くには、途中で川のように流れている澪筋《みおすじ》を泳いで渡らなくてはならないのです。中学生の正夫くんにはできそうなのですが、小学生の僕にはとても泳いで渡れそうになかったのです。もし流されでもしたら、おそらく生きて戻って来れないでしょう。

僕はしかたなく、ひとりぼっちで船の周りを探検することにしました。僕のところから、二つ島は裏側になっていて見えません。正夫くんと桃子おばちゃんは、そちらのほうにいます。僕は船首側から回り込もうとしました。ですが、進めば進むほど、がたが深くなるのです。それで、しかたなくスタート地点の船尾のほうに向かいました。こちらのほうはがたが浅いのです。どんどん浅くなって、しまいには踝《くるぶし》あたりまでしかありませんでした。これだったら、桃子おばちゃんが言っていたとおり、しゃがんで「クソができっぱい」と思いました。ところが、そんなときに限って不思議と便意を催さなかったのでした。

僕は浅瀬をどんどん歩いて行って、澪筋の上流のほうにたどり着きました。澪筋の向こう側に、二つ島の手前に、正夫くんと桃子おばちゃんの姿が小さく見えます。僕は二人に向かって手を振りました。「おーい！」と叫んでみたりもしましたが、誰も振り返ってくれません。僕は照りつける太陽で暑くなったいがぐり頭に、まず澪筋の潮水を両手ですくい取って、何回も浴びせかけました。それから、腹ばいになってゆっくりと体を沈めて行きました。潮水はあたりの泥水と違って、透明で冷たく、とても気持ちよく、ついでに小便までしてしまいました。僕は澪筋を泳いで渡ろうかと考えていました。けれども、やっぱり無理です。こうして両手をがたに突っ込んでしっかり掴んでいなくては、足下から掬われて体ごと流されそうなのです。誰かから両足をがつんと掴まれて引っ張られているような気がするのです。とてもではありませんが、高校生の兄から教わったばかりの自由形でも泳いで渡れそうにありません。僕は諦めて、再び船のほうへと引き返しました。潮が満ちてくる夕方まで、誰も戻って来ないでしょう。でも、僕はさみしくありませんでした。僕はほかの遊びを見つけたのです。

ちょっとした窪みを見つけると、そこに腹這いになって、溜まった生ぬるい潮水に浸かるのです。しばらくじっとして耳を澄ましていると、周りがにわかに騒がしくなります。目の前のあちこちのがたに小さな穴が、シャボン玉がはじけるようにパチンパチンと幾つも空いていきます。次にそれらの穴からピュッピュッと小さく潮を吹くものが登場します。これはおそらく、シャコかアサリでしょう。ピューッと高く二本潮を吹いているのは、アゲマキです。それから、がたの中から這い出してくるのは、たくさんの蟹たちです。大きな赤い鋏を一本だけもっているシオマネキは、どっしりと構えていて動かず、ぶつぶつと口に泡を溜めています。目線を少し上げると、鋭い歯を剥いたトビハゼがぴょんぴょんと跳びはねています。ムツゴロウは小さな丸い目をきゅっと立てて周りを警戒しています。何かを察すると、おそろしい速さでピョンピョンと向こうのほうに逃げて行きます。僕は盛んに潮を高く吹き上げている穴に指を突っ込みました。かっつーんと指先にふれるものがあります。五本の指でグイと掴んで、引っ張り上げます。がたにまみれて細長いアゲマキが出てきました。大きくて、黒い産毛のようなものがびっしりと付いています。ピュッピュッと小さく盛んに潮を吹いている穴には、おそらくシャコがいるはずです。アサリは溜まっている潮水にがたから這い出してきて、横歩きするというか、口から勢いよく潮水を吐き出してスーッと横に進みます。シャコは逃げ足が速いので、とても手では掴めません。シャコを捕るときには、竹ひごや、木の枝などを使います。シャコの居そうな穴に枝を差し込みます。しばらくすると、シャコが鋏で、その枝を挟みます。挟んだとき、かすかに枝が揺れますから、素早く釣り上げるのです。しかし、今日はそんな道具を持ってきていませんので、シャコ釣りは無理です。

僕はアゲマキを掘り当てると、立ち上がって、再び周りを見回しました。砂とがたが混じった、ちょっと周りと違った黒っぽいところで、いくらか大きな穴を見つけました。穴の中に、確かに何かがいるようなのです。ウナギか、アナゴか、そんなでっかくて、食べたらとてもうまい魚がいるようなのです。僕はドキドキしながら、穴の中に手を突っ込みました。案の定かすかに指先に触れるものがいます。僕はそれにつられてどんどんがたの中に手を突っ込んでいきます。肩ががたに届くくらい掘り進めたときです。昼に食べた握り飯ぐらいの大きな、そうです、魚ではなくて貝に触りました。石ではありません。表面にギザギザが付いていて、ぬるぬるしているのです。まさか、アカガイ？　と思いながら、僕は掴み上げました。アカガイは滅多に採れない高級貝です。橋本魚屋さんが買い取ってくれます。殻から大きな舌を出しているような三味線貝より値段がずっと高いのです。僕は思わず両手を上げて「アカゲーばい！」と叫びました。

僕は、今度はアカガイ探しに夢中になりました。アカガイはがたが深いところにいるようです。がたが臍《へそ》ぐらいまであるところで、もう一つのアカガイを探し当てました。手ではとうてい掘り進むことができないので、足の指全部を使って、ぐっと握り締めて持ち上げるようにして採るのです。採り上げると、ずっしりと重く、なかなかの手応えでした。僕はアカガイを一つ掘り当てるごとに、船に戻って、船体をよじ登り、潮水がはってある船底に入れて置きました。採ってそのままがたの上に置いておくと、簡単に逃げられてしまいます。貝の逃げ足は、あれでもとても速いのです。殻を横にして、見るみるうちにがたに潜っていきます。がたの中に逃げ込まれると、また一からやり直しです。

こうして僕は、アカガイを八つぐらい掘り当てたでしょうか。アゲマキは十個、いや十五個は拾ったでしょう。アサリやハマグリなどはもう眼中にありませんでした。僕は船によじ登るごとに、船首のほうの深いがたを指さしては「アカゲーのがた、収穫三つ。よし！」と誰にというわけでもなく報告し、今度は回れ右をして、船尾のほうのがたを指さしては「ヘイタイゲーのがた、収穫八つ。よし！」と言って、自分で報告の受け答えを元気よくしていました。というより、貝掘りごっこを一人で楽しんでいたのです。

やがて、陽射しが弱くなってきたな、と思ったころでした。船の周りがなんとなく騒がしいのです。あちこちに無数にあった穴が、一斉にぶつぶつと泡を立て始めているのです。と、じんわりと潮水ががたの表面に滲んできました。そうです。潮が変わったのです。満ち潮なのです。

僕は急に心細くなってきました。だって、まだ誰も船に戻って来ていないのです。正夫くんも桃子おばちゃんも、もちろんずっと沖のほうに行った三郎兄ちゃん、松じいちゃんの姿も見えません。僕は船の上でひとり、なんだか涙が出そうになってきました。僕は誰もやって来ない船首の沖合のほうには背を向けています。遠くに小さく見える自分の町ばかり見ていました。緑一色の多良岳が見えます。大川があって、キラキラ光る線路があります。その向こうに、すぐにも帰りたい僕ん家があるのです。

「帰りたか、帰りたか……」

僕はなんだか、お腹も少し痛くなってきました。

そんなときでした。

「なぁーん！　祐ちゃんな、こぎゃんとこにおったと？」

桃子おばちゃんが僕のすぐそばに立っていました。

「どぎゃんしたと？」

桃子おばちゃんが僕の顔をのぞき込みます。

僕は泣くまいと頑張っていましたが、涙のほうがかってに流れていたのでしょう。

「ありゃ、涙のちょん切れとるたい」と桃子おばちゃんは言って、くすくす笑っています。

「とぜんなかったと……」

桃子おばちゃんが僕のいがぐり頭を「よか、よか」と撫でながら言い、「よっこらしょ」と肩から竹籠を下ろしました。

桃子おばちゃんの竹籠が貝でいっぱいになっているのを見て、僕はびっくりしました。

「うんにゃー、べったい採ったたい！」

ほんのさっきまでの涙がふっとんでいました。今まで見たこともない貝がいるのです。貝殻がとにかく大きくて、大人の手のひらの二倍ぐらいあるのです。表面がつるつるしていて、浅黒く光っています。見るからに高く売れそうです。

「こん貝はなんって言うと？」

僕は両手で貝を持ち上げました。

「ブーアンたい！」

桃子おばちゃんは、なんだかおもしろそうにまだ声を立てて笑っています。

「祐ちゃんな、泣いとったんやなかと？」

「泣いとらん！」

僕は桃子おばちゃんを睨みつけてやりました。

と、二つ島の先のほうから、正夫くんと松じいちゃんがうまくがたスキーを操って、あっという間に澪筋を渡り、船のすぐ近くにやって来ました。二人は大きな桶にクッゾコやタコ、アゲマキ、ワタリガニ、シャコなどをたくさん採っていました。

三郎兄ちゃんはどこをどうやって戻って来たのか、僕にはわかりませんが、これも腰に提げた魚籠《びく》いっぱいのムツゴロウを釣っていました。

僕は自分の獲物が少ないので、恥ずかしかったのですが、それとなく正夫くんを促して、船底にころがっているアカガイを指さしました。するとと、正夫くんはひと目見て「うんにゃー、こんアカゲーはよかばい！」と言いました。三郎兄ちゃんも気がついて「ほんなこつ。えっとー*、形のよか。どこにおったと？」と訊いてきました。

僕は得意になって「アカゲーのがた！」と船首のほうを指差したのですが、もうそこにはがたはなく、一面の乳白色の泥海になっていたのです。

「あちゃー、もう潮のきちょる！」

僕はびっくりしました。

三郎兄ちゃんは「なぁーん、そぎゃんとこにおったと？　ばってん、よかったたい。形のよかけん、橋本魚屋さんで高《た》こう《こ》買うてくんしゃるかもしれんばい」と僕を盛んに褒めてくれました。

潮が満ちてくると、正夫くんがバケツぐらいの木の桶を使って、海水をすく

＊えっとー（とっても）

い上げました。そして、その海水を頭からかぶって、体に付いたがたをきれいに流し落としました。僕も正夫くんの真似をして、体についたがたをきれいに手でこすり洗いしました。体がすっきりすると、お腹がへります。桃子おばちゃんがでっかいアルミの薬罐からぬるくなった麦茶を竹のコップに注いで、みんなに配ります。次に出てきたのが、握り飯です。

僕は「うまかばい、うまかばい」と何度も呟きながら、でっかい握り飯を二つぺろりとたいらげました。

ちょっとした腹ごなしが終わると、三郎兄ちゃんは煙草をいっぷくして、発動機を始動させる準備にとりかかりました。気筒が暖まっているせいか、一発で発動機は動き始めます。ポンポンと白い輪っか状の煙が、勢いよく空に向かって突き上げられています。船のスピードがじょじょに上がっていきます。発動機の心地よい振動が伝わってきます。とてもいい気持ちです。僕は正夫くんから「ほら、食わんかん！」と言ってもらった三つ目の最後の梅干し入りの握り飯を頬張っています。正夫くんは行くときと同じように、帰りも船首に陣取っています。松じいちゃんもやはり船尾のほうで刻み煙草を、これもうまそうにふかしています。桃子おばちゃんが僕の隣にいて、「貝掘りは、おもしろかったやろ?」と話しかけてきました。

僕は不思議と桃子おばちゃんがそばにいるというのに、行きとちがって帰りは、そんなに「せからしか!」とは思いませんでした。逆に僕は、元気よく「うん、おもしろかったばい」と頭を縦に振り、「そいに、ごっつー*握り飯がうまかったとがよかった!」と答えていました。

桃子おばちゃんは忍者のように顔を覆っていた日本タオルを取っています。首の白いスカーフは巻いたままですが……。少し微笑んでいて、口元がちょっと上がっています。桃子おばちゃんもひと仕事終えて、すがすがしい気持ちになっているのでしょう。

僕は三郎兄ちゃんがどのくらいムツゴロウを釣ってきたか、さっきからなんとなく気になっていました。そこで、僕は魚籠のなかにこそっと手を入れたのです。

と、そのときでした。僕は桃子おばちゃんから「こら、あせくらんとばい!*」と叱られました。

*ごっつー(すごく) *あせくらんとばい!(かきまわさないのよ!)

「ぬっか手*で魚にさわれば、魚の傷《いた》むと。傷めば、売れんけんね！」

桃子おばちゃんがきっと睨みつけてきました。

僕はびっくりして手を引っ込めました。ちょっとどのくらい釣れているのかな、と思っただけで、別に悪いことをしようとしたわけではありません。ちょっとどのくらい釣れているのかな、と思っただけのことなのです。

僕はなんとなく気弱になって、うつむいてしまいました。

ぶ厚い横板の縁を掴んでいる僕の手が、発動機の振動で小刻みに震えていました。隣に座っている桃子おばちゃんが、その小刻みに震えている僕の手を「よか、よか……」と言いながら、そおっと撫でてくれていました。

＊ぬっか手（温かい手）

# 二章　花火

お盆近くになりますと、あちこちの広場で花火が始まります。バ・ババーンと連続して破裂する爆竹や、夜空に向かってヒューッと音を出し、ボーンと破裂する火矢などが上がり始まりますと、僕はもうたまりません。夕ご飯もそこそこに早く外に出掛けたくなってしまうのです。

しかし、そんなときに限って、夕ご飯は僕の大嫌いなニンジンやダイコンの煮物が出てくるのです。ニンジンもダイコンも生臭くて、口に入れるとおえっとなります。鼻をつまみ、二、三回かんで思いっきり飲み込みますが、それでもやっぱり駄目なのです。途中で、せっかく飲み込んだニンジンを吐き出してしまうのです。気持ち悪く、目に涙が浮かんできます。こうなると、もう食べられません。兄も姉も妹もみんなは夕ご飯が済んでいるのに、僕だけが食卓の前に残されます。そして、一切れも残さず食べ終わるまで座らされるのです。

一番上の姉を、大きい姉ちゃんと呼んでいます。大きい姉ちゃんは家事の手伝いをしています。ご飯を炊いたり、茶碗を洗ったりしています。その大きい姉ちゃんが「後片付けの遅うなるけん、うちがちょこっと食《く》うてやるばい。黙っときんしゃいよ。ばってん、あとは我慢して食わんばばい」とこそっと言って、加勢してくれることがあります。そうなると、しくしくと泣きながら食べるしかありません。何度も吐きそうになりますが、それでもなんとか食べ終わります。食べ終わりますと、不思議なことに、とたんに元気が出るのです。あとは楽しい花火をすることしか残っていないからでしょうか。

ところで、今日、僕は内村さん家《ち》にお呼ばれで、お昼ご飯をご馳走してもらうことになったのです。僕の大嫌いなニンジンもダイコンも食べなくていいのです。その反対に、僕の大好きな肉や、とくに内村さん家のかんころ餅が食べられるのです。僕が採った形のいい赤貝が橋本魚屋さんでたいそういい値で売れたのだそうです。そのご褒美に呼ばれて、お昼ご飯をご馳走してもらうのです。そして、夜は花火をしてくれるそうです。

お呼ばれは、田植のあととか、稲刈りのあととかによくあります。大人たちは夜お酒を飲みますが、子どもたちはお昼に、田植のときは田植まんじゅうを、稲刈りのあとは大壺《おおつぼ》お菓子屋さんの酒《さか》まんじゅうが食べられます。

正夫くんのおかあさんが「祐ちゃんな、なんば食《た》べたかとね？」と訊いてきました。僕は正直に大きな声で「内村さん家のかんころ餅！」と答えました。

すると、正夫くんのおかあさんは「かんころ餅はおやつばい」と言って、「祐ちゃんな、欲のなかね。おばちゃんは原田うどん屋さんの肉うどんって思っちょったばい」と言って笑っていました。

このとき、僕は本当に内村さん家のかんころ餅が食べたかったのです。僕は内村さん家のかんころ餅が、親戚やよそん家《ち》で作るかんころ餅より「いっとう、うまか！」と思っています。その証拠に天日干ししているさつまいもをちょっと失敬して食べたことがあります。とても硬いのですが、口に含んで唾液で湿らせながら、ゆっくり噛めばかむほど甘みが出てくるのです。本当にほっぺたが落ちるくらいです。そんなに甘いのに、内村さん家ではそこに黒砂糖を混ぜるのです。輪切りにして天日干ししたさつまいもを石臼《いしうす》でゴリゴリとすって粉にし、黒砂糖はすり鉢に入れ、すりこぎで同じくごりごりとすって粉にします。

それらを一緒にして全部混ぜるのですから、内村さん家のかんころ餅は甘いのが二倍になるんだ、と僕はひそかに思っています。粉を水で練るときも親戚ん家《ち》とは違って、最後にあのしょっぱい塩をパラパラと振るのです。そして、よく練ったあと、正夫くんのおかあさんと桃子おばちゃんが片手でぎゅっと握って形を整えると、かんころ餅のできあがりです。決して形は丸くはありません。どちらかというと、色も形もうんちに似ていますが、これが実においしいのです。指紋がくっきりと付いていて、愛情がこもっているとでもいうのでしょうか。あとは大きな蒸籠《せいろう》で蒸すだけです。食べごろは熱いうちではなくて、ちょっと冷めたころです。一つ目はあっという間に食べてしまいます。二つ目になってようやく黒砂糖の味がします。三つはもらえませんが、ここは知恵を絞って桃子おばちゃんに「もう*いっちょくんしゃい？　里美にも半分やるけん」と言って、妹の分を要求するのです。すると、桃子おばちゃんは仕方なさそうに「こいは里美ちゃんの分やっけん」と言って、一つおまけして二つくれます。こうして、僕はかんころ餅を二つ持って家に帰ります。ですが、家に持ち帰っても妹の分の一つは見せびらかすだけで、ゼッタイ妹にはあげません。これ見

＊いっとう（いちばん）　＊いっちょ（一つ）

ようがしにおいしそうに食べているところを見せるだけです。妹が欲しがって泣きだしたら、もうしめたものです。けれども、妹は声を押し殺して泣けばいいものを「うちも食《く》いたか！　あーん、あーん」と声を出して泣くものですから、たいてい母に見つかり、こっぴどく叱られます。こうなると、最後の一つを妹と半分っこするしかありません。妹に見せびらかさなければいいだけのことですが、これが僕にはどうにもならないのです。妹が欲しがるところは見たいし、でも、そうなると半分っこしなければならないしで、いずれにしてもひじょうに悔しいのです。本当は妹に見せびらかして、まるごと自分が食べられたら本望なのですが……。しかし、妹が欲しがらずに無視されると、どうしょうもありません。

「祐ちゃんな、かんころ餅ば食《く》いたかとね？」

桃子おばちゃんの声がしました。

桃子おばちゃんは、たぶん裏の離れから庭を通って、縁側にやって来たのでしょう。

僕たちは庭に面する風通しのいい縁側で、いつものようにテーブルを出して「夏休みの友」をやっていたのです。教え役の先生は正夫くんです。正夫くんは頭がよくて、中学校では級長をやっているそうです。ほかには僕と同い年の柾子《まさこ》ちゃんと小学五年の春子《はるこ》ちゃんがいます。

「かんころ餅は、あとでおばちゃんが作ってやるたい。今日はカレーライスはどぎゃんね？」

桃子おばちゃんはそう言いながら、みんながいる縁側に腰掛けました。

このとき「カレーライスね？」と訊き返したのは、僕ではなくて、柾子ちゃんです。

柾子ちゃんは僕と同じ学級で二組です。僕より背が高く、太っていて、女子《おなご》のくせして「のぼせて*」います。学校ではまったく口を利いてくれません。学校ではじつにおとなしいのです。でも、こうして内村さん家に遊びに行くと、何かとうるさく言ってくるのです。

「柾子には訊いとらん！」と桃子おばちゃんが叱りました。

すると、柾子ちゃんはぷーっと頬を膨らませ、僕をぎょろりと睨みつけるや、

＊のぼせて（いばって）

「子どもんごたる」と小馬鹿にしました。

「よかたい。祐ちゃんの食《く》いたかもんでよかと。ばってん、カレーの肉は角煮ばい。角煮ば入れてやるたい」

桃子おばちゃんは「かくに」を二回、声を大きくして言いました。

僕は桃子おばちゃんがいう「かくに」を食べたことがありません。それでも、僕の大好きな角砂糖の「かく」の音だけが似ていますから、すごく甘いように感じられるのはなんとなくわかります。桃子おばちゃんは、時々、何かの用事で長崎に行っています。「かくに」とは、おそらく長崎の中華街あたりで食べられる料理なのでしょう。きっとおいしいにちがいありません。

「かくにってあまかと？」

僕が訊きました。

「あもうはなかばってん、うまかばい。肉の固まりたい。四角《しか》かっと」

桃子おばちゃんが答えました。

「四角かっと。そいはまた、うもうごたるたい。ばってん、カレーはニンジンの入っとるとやろ？」

僕は不安になって訊きました。

「ニンジンは好《す》かんと？」

「うん。いっちょん好かん！」

「あいば、祐ちゃんな角煮とじゃがいもばっかいたい」

「うん。そいでよか！」

僕はほっとしました。

ここで、桃子おばちゃんは何がそんなにおかしいのか、「祐ちゃんな、やっぱおもしろかね」と言いながら、「あっははは……」と大笑いしていました。

それから、桃子おばちゃんは腰かけている縁側からぽんと庭に下り立って、玄関の土間を通り、裏の釜小屋*のほうへ行ってしまいました。正夫くんのおかあさんも、「あいば、カレーライスば作ろうかね」と言いながら、こちらは縁側から続く座敷を通って、裏の釜小屋へ行きました。

僕たちは再びテーブルに向かって勉強を始めました。

しばらくして、正夫くんがふいに立ち上がって「勉強しとかんばばい！」と言って、どこかに行ってしまいました。きっと便所にでも行ったのでしょう。

＊釜小屋（薪でご飯を炊くかまどのある台所）

正夫くんはいつも今ごろの時間になると、ふいにどこかに行って、なかなか戻って来ないのです。たぶん小便ではなくてクソしているのです。

何かと口うるさい兄の正夫くんがいなくなると、柾子ちゃんがここぞといわんばかりに、僕にちょっかいを出してきます。柾子ちゃんはいつもそうなのです。僕が体が小さいからといって、小馬鹿にするのです。

「祐ちゃんな、ニンジンも食《く》いきらんとね？」

柾子ちゃんが訊いてきました。

僕は正直に「ニンジンは臭《くさ》かもん」と嫌《きら》いな理由を答えました。

すると、柾子ちゃんは「ニンジンは臭か。カレーば食いたか。ほんなこつ、子どもんごたるたい」と言って、鼻でフンと笑い、威張って見せました。そして、柾子ちゃんは僕のすぐそばに近寄って来て、背中を手でドンと突きます。

「痛《いた》かたい！」と僕は怒ります。

「あらー、男のくせして、痛かと」

柾子ちゃんがまた、叩こうとします。

僕がちょっと身を引くと、柾子ちゃんが何やらへんな目で見て、「祐ちゃんな、どぎゃんね。もうケは生えたと？」と訊いてきました。

「ケってなんね」

僕には何もわかっていませんでした。

「うちはもう大人ばい。*赤めしば炊いてもろうたと」

柾子ちゃんはそう言って、もう一回鼻でフンと笑って、今度はとても偉そうに威張って見せました。

それから、柾子ちゃんは僕の胸を両手でいきなりドンと突いて、そのまま押し倒してきたのです。大きな体の柾子ちゃんが馬乗りになっています。僕は柾子ちゃんの四〇キロもある体重で「うーん！」とうなりました。

と、柾子ちゃんが「春子！」と呼び、「早う、祐ちゃんのズボンば脱がせんしゃい！」と命令しました。でも、これもよくあることなのです。僕はこれでも、背が小さくても、駆けっこは速いのです。すばしこいのです。ズボンに手を掛けた春子ちゃんを思いきり、足で蹴っ飛ばします。春子ちゃんは「ぎゃあー！」と悲鳴をあげますから、柾子ちゃんの力がふとゆるみます。そのときがチャンスなのです。すばやく仰向けから腹這いに体の向きを変え、腕の力です

*赤めし（お祝いのために炊く赤飯）

るりと柾子ちゃんの体からすり抜けるのです。

柾子ちゃんとドタバタやっているところに、正夫くんが戻って来ました。

「こら、なんばしよっとか！」

とたんに、柾子ちゃんは小さくなって、テーブルに向かって勉強を始めました。

「柾子はまた、祐二ばいじめちょったとやろ！」と正夫くんが言って、柾子ちゃんの頭をゴッンとやりました。

僕は「ほら、見んしゃい！」と柾子ちゃんに言ってやりました。

しかし、柾子ちゃんは何を言われようと、へっちゃらです。

僕に向かって「あっかんべー」をやり、「見とってみんしゃい。そんうち、抜いてやるけん」とわけのわからないことを言って、漢字の書き取りの続きを始めました。


お呼ばれのお昼ご飯は、本当にニンジンの入っていないカレーライスでした。

角煮は見た目では四角で硬そうなのですが、口に入れると、とろりと溶けて、これが実においしいのです。こんなにおいしい肉は食べたことがありません。もちろんクジラの肉でも、ニワトリの肉でもありません。桃子おばちゃんは「牛の肉ばい」と言っていましたが、僕は「うんにゃー、牛の肉ば食《く》うたと」とどきりとしていました。といいますのは、内村さん家の牛小屋には二頭の牛がいます。この一頭を、僕は食べたとばかり思っていたのです。でも、牛小屋には二頭の牛がちゃんといました。内村さん家の松じいちゃんはニワトリはもちろんのこと、ヤギもつぶして食べるのです。

「祐ちゃんな、牛の肉ば食《く》うたことがなかったとやろ?」

桃子おばちゃんが縁側のほうから声をかけてきました。

「なぁーんの、牛は、田植んときは田圃《たんぼ》ばおこしよんしゃったい。畑に連れて行けば、畝《うね》ば作ってくんしゃる。そぎゃん牛をばい、おいは食《く》いきらん」

僕が答えました。

すると、桃子おばちゃんは「ぎゃはは……」と声を出して笑い、「祐ちゃんな、ほんなこつおもしろかね。よう笑《わら》わせんしゃるたい」と言い、僕の頭をすりすりして「肉牛《にくぎゅう》って言うて、食《く》う牛はまた別におっと」と説明してくれました。

「にくぎゅう……？」

僕はさらにわからなくなりました。

「祐二は乳牛《にゅうぎゅう》って、知らんと？」

正夫くんが訊いてきました。

「にゅうぎゅうは乳《ちち》ばしぼっとやろ？」

「そうたい。牛乳ばつくる牛たい」

「あいば、にくぎゅうは肉ば食うけん、肉牛って言うと」

「まあ、そぎゃん憶えとけばよか」

正夫くんはそう言って、カレーライスのおかわりをしてむしゃむしゃとおいしそうに食べていました。


カレーライスのご馳走を腹いっぱいに食べ終わりますと、あとはお昼寝の時間です。昼寝から覚めますと、大川に泳ぎに行き、それから待望の内村さん家のかんころ餅のおやつをご馳走になります。たぶんそのころ、ちょうどいい按配にかんころ餅は冷めていることでしょう。さて、それからです、木下おもちゃ屋さんに行って、花火を買ってもらうのは。おそらく桃子おばちゃんが連れて行ってくれるでしょう。

といいますのは、桃子おばちゃんが内村さん家の裏の離れに住み始めてからなのです。貝掘りに行ったり、花火をしてくれたりと、僕たちとよく遊んでくれるようになったのは。桃子おばちゃんは働き者です。段々畑でデンプンの原料になる「ごごくばっちゃん」*をつくっています。腰の曲がった竹《たけ》ばあちゃんのぶんまで、釜小屋の仕事も夜遅くまでやっています。内村さん家は全員で十人いるのです。

僕はご馳走のカレーライスを食べたあと、一度家に帰りました。そして、母に「内村さん家のカレーライスはうまかったばい」と報告しました。

「えんち*とちごうて、クジラの肉やなかったと。角煮って言うて、牛の肉やったばい。にゅうぎゅうって言うとって。とろっと溶けて、うまかった」

「牛肉ね、そいはよかったたたい。うちじゃ食《く》えんもんね。桃子おばちゃんは、元気しとらした？」

＊ごごくばっちゃん（サツマイモの一種で白いイモ）　＊えんち（自分の家）

母が訊きました。

「うん、元気ばい。ばってん、どぎゃんして？」

「うんにゃ、よかと。あとでわかるたい」

母はそう言ったきり、何も話してくれませんでした。

僕はなんだそいうことかと思っただけでした。それより、今夜の花火のことです。

「桃子おばちゃんに言われちょっと。今夜、花火ばするけんって。行ってよかやろ？」

「よかばってん、里美も連れて行かんばばい。行きたかって言うとったけん」

「わかっと」

僕はしかたなくそう返事しました。妹がいると、何かとつきまとってきて邪魔なのです。でも、妹は大喜びして「はなび、はなび……。こんやは、はなび……」と何度も呟きながら、お昼寝してしまいました。

正夫くんが「祐二！　泳ぎに行くばい」と誘いに来たとき、僕はちょうどお昼寝から覚めて、泳ぎに行く準備をしているところでした。玄関脇の洗面所でパンツを脱いで、海水パンツに履き替えていました。そこへ、とつじょ、柾子ちゃんがぬーっと顔を出し、「ありゃ、もう着替えたと」と言って、なぜか、ひどく残念そうにしていました。

そのとき、妹もすでにお昼寝から覚めていて「うちも一緒に行くと」と言って、浮き輪を探していたのです。

僕は「あとで来ればよか」と言いましたが、小《ち》っちゃい姉ちゃんも「うちも連れて行きんしゃい」と言うので、しかたなく待つことにしました。小っちゃい姉ちゃんも妹と一緒になって、浮き輪を探していたのです。

僕は玄関の戸を開けたまま「浮き輪は見つかったと？　早うせんば！」と叫んでいました。

すると、小っちゃい姉ちゃんに手を引かれた妹がようやくやって来ました。ふくらませた浮き輪は小っちゃい姉ちゃんの肩に掛かっています。

僕ん家からは、僕と妹と小っちゃい姉ちゃんの三人、内村さん家からは、正夫くん、柾子ちゃん、春子ちゃん、そして小学四年の保夫《やすお》ちゃんの四人、合計七人で大川に泳ぎに行きました。

総大将は一番年長者の正夫くんです。正夫くんが全員に号令をかけて、ラジオドラマの「一丁目一番地」をうたいながら、大川の地蔵淵《じぞうぶち》に泳ぎに行きます。女子《おなご》の大将は小っちゃい姉ちゃんです。流れのゆるい、地蔵淵の下流のほうで、浮き輪を使って遊んでいます。男たちはほかの部落も仲間を引き連れて泳ぎに来ていますから、部落ごとに別れて陣取り合戦をやるのです。陣取り合戦といいましても、陣を広げるゲームではなくて、人の取り合いなので、人取り合戦なのです。上流と下流とに別れて、それぞれ大きな石を陣地とします。相手より陣地を早く離れたほうが捕まえる権利があります。ですから、狙った相手を充分に引き付けておいて、素早く陣地に戻り、泳いで行って自分で捕まえるか、あるいは、泳ぎの達者な誰かを差し向けるかするのです。こうして全員を捕虜にして、陣地を獲得したほうが勝ちなのです。でも、ここで捕虜を助ける方法があるのです。捕虜にされた仲間の体に、わからぬよう潜って行ってタッチすることなのです。タッチすることができると、わあーっと蜘蛛の子を散らすように逃げます。こうなると、陣取り合戦は一回リセットされます。これを全員捕虜にするまで続けるのです。もちろん、直接相手の陣地にタッチして勝つ方法もありますが、これはいろんな作戦がいりますので、なかなか成功しません。部落が違うので「おいがわいより早かったばい」「うんにゃ、わいはおいより遅かった」との言い合いになり、最後には石の投げ合いとなり、本当の喧嘩によく発展したものでした。

今日は隣村の汲水名《くみずみょう》の連中が泳ぎに来ていました。汲水名の総大将は正夫くんより一学年上の満田《みつだ》くんです。中学三年生です。僕たちは先に泳ぎに来ていた小学生の四人を仲間に加えて、同じ人数、七人ずつに別れて陣取り合戦をやっていたのですが、何回やっても勝てません。汲水名には中学生が三人もいるので、歯が立たないのです。全員すぐ捕虜になって負けてしまうのです。もちろん、捕虜になった仲間を助けるなんて無理なのです。反対に満田くん率いる汲水名の連中は、かんたんに捕虜を解放できるものですから、途中で嫌気がさしたのでしょう。「つまらんたい。川上淵《かわかみぶち》に行くばい」と言って、満田くんは子分六人を引き連れて、地蔵淵からもっと上流の川上淵のほうに行ってしまいました。

僕たちは仕方なく鬼ごっこや堤防をよじ登って跳び込む「高跳《たかとび》ごっこ」をし

＊おい（僕、自分）　＊わい（君、あなた）

たりして、いつもより早めに大川から上がってきました。僕はなんとなくかんころ餅のことが気になってしかたなかったのです。それで、正夫くんと目を合わせるたびに「もうかんころ餅ができとるかもしれんばい。早う帰らんば」と言っていました。帰りは近道をしてよそん家の畑《ち》を横切って、内村さん家の裏口から帰って来たのです。内村さん家の釜小屋は、裏の薄暗い土間にあります。かまどが五つぐらいあって、天井には天窓があります。とても広いのです。

正夫くんが「桃子おばちゃん！　帰って来たばい」と大きな声をかけると、桃子おばちゃんが釜小屋の奥のほうから顔を出し、「かんころ餅やろ？　できとるばい」と言って、薄暗い土間の一番端っこのでっかい蒸籠の蓋を開けて、僕たちにそれぞれ二つずつかんころ餅を配ってくれました。

僕たちはそれを持って、表の庭のほうに向かいます。夏みかんの木陰になった風通しのいい場所に、夕涼み用の縁台を二つ出して座ります。

「里美、うまかやろ？」

僕は妹に言いました。妹はかんころ餅を二つも食べきれないのです。食べられても一つ半で、お腹《なか》いっぱいになるはずです。僕はその半分を狙っているのです。

「うん、うまか」

妹が答えました。

「二つも食いきらんやろ？」

「うん……」

妹は二つ目のかんころ餅を手で裂いて半分にしました。

僕は思わず「くるっと？」と訊くつもりでした。

ところが、ここで僕より先に手を出したのは、小っちゃい姉ちゃんです。

「あいば、うちがもらうたい」

小っちゃい姉ちゃんはそう言うと、妹の手のひらに乗っかっている、半分っこされたかんころ餅をぱくりと口にしたのです。

僕は「ありゃ！」と口にできないほど驚いていました。口をぽかんと開けたままでした。

「うにゃー。小っちゃい姉ちゃんな、こすか！」*

僕はやっとそう言えました。

＊こすか（ずるい）

すると、小っちゃい姉ちゃんは「なんのこすかろ。早いもんが勝ちたい！」と言います。それはそうなのですが、僕はだんだん悔しくなり、どうしたことか、涙ぐんできたのです。だって、僕が狙っていたのです。ですから、てっきり自分が食べられるものだとばかり思っていたのです。それを小っちゃい姉ちゃんに横取りされたのです。こんなに悔しいことはありません。それに、小っちゃい姉ちゃんは中学生ですから、文句が言えません。文句を言っても、ただ殴られるだけです。

それでも僕は、涙を流さまいとがんばろうとしました。

でも、こんなときに限って、柾子ちゃんがちょっかいをだすのです。

「ありゃりゃー。祐ちゃんな、*涙のちょんぎれよるたい。そぎゃん悔しかと？」

柾子ちゃんが僕の顔を下から覗き込んでいます。

「わいにはわからんたい！　わいん家《ち》のかんころ餅やっけんね。ばってん、わいん家のかんころ餅が、ほんなこつ、いっとうまかと！」

僕は大声で、内村さん家のかんころ餅がどんなにうまいかを叫んでいたのです。

「あいば、うちのばくるっぱい*」

柾子ちゃんが言いました。

「ばかたれ。だいがわいのば食《く》うか！　わいかいもらえば、おいはわいの子分にならんばできんたい」

僕は同級生であっても、女子《おなご》の柾子の子分になるなんてゼッタイいやでした。

「うちの子分になればよか。うちがいつでん助けてやるばい」

柾子ちゃんはもう一方の手に持っているかんころ餅を半分っこせずに、丸ごと一つ差し出してきたのです。僕は思わずごくりと喉を鳴らしました。

「ほら、欲しかやろ？」

柾子ちゃんが畳み掛けてきます。

「なんば言いよるとか！　いっちょん、欲しうなか！　こん、小便しかぶりが！」

僕はもう破れかぶれでした。

「うちのどこが小便しかぶりね！　見たことがあっとね！」

柾子ちゃんがにわかに立ち上がり、僕の腕を掴んでぎゅっと捻ったのです。

＊涙のちょんぎれよるたい（涙がこぼれてるじゃない）　＊くるっぱい（あげるよ）

僕は「痛ててぇー！」と悲鳴をあげました。

このとき、小っちゃい姉ちゃんが僕を助けてくれました。征子ちゃんを蹴っ飛ばしたのです。もし助けてくれなかったなら、僕は柾子ちゃんの手に噛みついていたでしょう。指を噛み切るくらいに……。

僕と柾子ちゃんが喧嘩しているところへ、桃子おばちゃんがやって来ました。

「柾子はまた、祐ちゃんと喧嘩し*ちょると？　喧嘩しちょればしちょるごと仲んよかって言うばってん、柾子はちごうと？　仲ようせんば。隣同士たい。こいかい、花火ば買いに行くばい」

桃子おばちゃんは麦わら帽子を被り、手には大きな買い物籠をさげていました。

「うちは行かん！」

柾子ちゃんはそう言い捨てると、縁側のでかい石の踏み台に、赤いゴム草履を脱いで座敷にあがりました。それから、柾子ちゃんは階段をばたばたと駆け登って行ったのです。おそらくおかあさんに何かを訴えに行ったのでしょう。ひょっとしたら、二階の子ども部屋で悔しくて泣いているかもしれません。

僕たちは桃子おばちゃんに連れられて、商店街の中程にある木下おもちゃ屋さんに花火を買いに行きました。一人ひとつずつ自分のやりたい花火を買ってくれるそうです。そうすると、柾子ちゃんが一人いませんから、全部で六種類の花火を買ってもらえます。僕は何を買おうか、迷っていました。バババーンと破裂する花火を見るのはいいのですが、それに火をつけたり、自分がやるとなると、どうしても怖くてやれないのです。本当はそんな男らしい花火をやりたいのですが、結局は勢いよく火の粉がすすきの穂のように出る、ススキぐらいしか買えないのです。妹はネズミ花火を買いました。くるくると回って、最後にパーンと破裂する花火です。母は女の子だから、そんな音の出る花火は駄目だと言いますが、妹はいつパーンと破裂するのか、そのどきどきが「よかと」と言って、今日初めてネズミ花火を買ったのです。正夫くんは火矢を、保夫ちゃんは爆竹を買いました。春子ちゃんは五連発、そして小っちゃい姉ちゃんはなんと十二連発を一本買ってもらったのです。小っちゃい姉ちゃんは「こいは太いか。腰ば落としてせんばできん」と大喜びしていました。柾子ちゃんには

＊しちょると？（しているの？）

線香花火が「よかやろ」と言って、桃子おばちゃんが五束ぐらい買っていました。

僕たちは買ってもらった花火をそれぞれ手に持つと、内村さん家まで「走*ごろ」をして帰りました。桃子おばちゃんはまだ買い物の続きがあるのだそうで、木下おもちゃ屋さんの前の紙谷《かみや》肉屋さんに入って行きました。

僕たちが内村さん家まで駆けっこをしたのは、今日は紙芝居が来る日だったからです。五時のサイレンが鳴る前に、「どんどこどん、どんどこどん……」と太鼓を叩きながら「かみしばい、かみしばい」と大声で叫びながら、紙芝居屋さんがやって来るのです。内村さん家の石垣の前の、三叉路の広場で「カンラ、カンラ、ワッハハ……！」と黄金バットの高笑いを発する、丸坊主頭の紙芝居のおじさんは、僕たちの羨望の的です。ですが、時々売り上げが少ないと、おじさんは怒って紙芝居をせずに、次の場所に移動してしまうこともあります。イカ焼きが五円、せんべい付きの水飴が十円でした。

けれども、今日は僕たちはとても気前がよかったのです。桃子おばちゃんが「紙芝居ば見っとやろ？」と言って、五円ずつイカ焼き代をもらっていたからです。僕たちは大喜びでした。

　紙芝居には続きものがあって、それを見ていると、どうしても気になって次回も見たくなります。見たくなりますが、最低五円は必要なのです。この五円を親からもらうのが大変なのです。一円あれば「五十銭*のんきゅう」が二つも買えるのですから。一日分のおやつ代なのです。風呂を沸かしたり、風呂の水を手押しポンプで汲み上げるのは自分の仕事ですから、おこづかいはもらえません。でも、炊事場にある水槽に水を汲み上げるのは、大きい姉ちゃんの仕事なのです。これを手伝ってあげると、大きい姉ちゃんからおこづかいが五円もらえるのです。毎日とはいきませんが、僕は時々手伝っています。

　それが、今日は何もしなくても紙芝居が見られて、イカ焼きも食べられて、そして暗くなったら花火ができるのですから、もう盆と正月が一緒にきたようなものです。

　続きものの黄金バットは、今日も最後に「カンラ、カンラ、ワッハハ……！」の高笑いでおしまいでした。主人公のアキラ少年が悪者にやられているところなのですから、本当は笑っていられないはずです。紙芝居のおじさんは何を考

*走ごろ（駆けっこ）　*のんきゅう（イモ飴）

えているのでしょうか。

僕は紙芝居を見るといつも不思議な気分のまま、手押しポンプでぎしぎしと風呂の水を汲み、新聞紙に火を付け、夏でも風呂を沸かします。そのころになりますと、母と大きい姉ちゃんが今日の夕ご飯のおかずの天ぷらを揚げ始めます。小っちゃい姉ちゃんと妹は茶碗や皿、箸などを食卓に並べます。高校生の兄と長崎駅に勤めている父が一緒の六時の汽車で帰ってきます。そうすると、一日で一番楽しい夕ご飯の時間です。今日は僕の大嫌いなニンジンの煮物も、ダイコンの煮物もありません。サツマイモ、カボチャ、レンコン、ゴボウのささがけ、そしてイワシのつみれの天ぷらです。父は毎日、コップで焼酎を飲みます。父の前にはいつも一皿多く、今日は白いさらしクジラが出ています。僕はさらしクジラを食べたことがありません。さらしクジラは大人の酒飲みの食べものなのです。酢味噌で食べるそうですから、おそらくとても酸っぱくて子どもには食べられないのでしょう。

高校生の兄は、食事中、いつも僕たちに目を光らせています。ご飯粒を一つでもこぼそうものなら「ほら、祐二！　こぼした。拾うて食《く》わんかん」と叱ります。そして、僕の嫌いなニンジンなどを肘《ひじ》を付いていやいや食べていると、「祐二！　肘はつかんと」と言い、バシリと肘をはたかれます。でも、今日は僕の大好きな天ぷらですし、このあと花火がひかえています。夕ご飯は、僕が一番に食べ終わりました。

花火はあたりが暗くなって、蝋燭《ろうそく》の光がピカピカとよく輝くころになってから始めます。内村さん家の広い庭に縁台を出し、提灯を柿の木に吊します。縁側には内村さん家の人たちが団扇を片手に、煙草をふかしたり、酒を飲んだりしながら見物しています。もちろん、長崎の造船所で働いている内村さん家のおとうさんもいます。今日、山のほうの畑仕事から帰って来た松じいさんと三郎兄《あん》ちゃんは、縁側に釣り道具を出して何やら仕掛けを作っています。明日は浜へ漁に出るのだそうです。赤目のいいボラが揚がっているのだそうです。竹ばあさんと正夫くんのおかあさん、桃子おばちゃんの女衆はいませんが、花火が始まれば直にやって来るでしょう。おそらく釜小屋で夕ご飯の後片付けをしているはずです。

花火はまず保夫ちゃんの爆竹から始まりました。バ・ババーンと景気よく連続して破裂しますから、みんなのやる気がいっきに盛り上がります。空のビール瓶に火矢をセットして、正夫くんがマッチで火を点けます。導火線に火が点くと、シュルシュルと火花を散らして燃えてゆき、それからヒューッという音と同時に、夜空に向かって飛んでいって、ポーンと破裂するのです。一瞬、夜空に火の粉の花が咲きますから、見ているみんなの拍手が起こります。たまにですが、シュルシュルと導火線が燃えているにもかかわらず、途中で消えてしまうことがあります。これは火薬が湿っているからなのです。でも、ここで気をつけなくてはならないのは、消えたかなと思っているところへ、突然シュルシュルと燃え始めて、夜空に向かって飛ばずに、その場でビール瓶に差し込まれたまま、あるいは地べたを這って破裂することがあります。これが僕にはとても怖くて、火矢が扱えないのです。爆竹は導火線に火を点けると、すぐに破裂します。いくら駆けっこが速いからといっても、追いつけないのです。保夫ちゃんは怖いもの知らずで、手に持ったまま火を点け、それを空中に放り投げます。すると、爆竹は空中で四方八方に散って破裂します。これが「かっちょよか！」と言ってみんなは拍手しますが、僕はどうしても拍手ができません。もし投げるタイミングが狂って、自分の頭上で破裂したらと思うと、ゾーッとしてしまうのです。

みんなが僕のことを「ひけしぼ！」*と言って囃し立てますが、怖いのはどうしようもないのです。もちろん、柾子ちゃんもこのころになりますと、機嫌を直し、僕のそばに近寄ってきて、何かといちゃもんをつけてきます。

このときもそうでした。僕が小っちゃい姉ちゃんに火を点けてもらって、ススキをやっているときでした。火の粉が勢いよくはじき出ているのに、柾子ちゃんが僕のススキを「うちもしたか！」と言って横取りしようとしたのです。

柾子ちゃんには線香花火しか買ってもらえていませんでしたから、それが柾子ちゃんには不満だったのです。本当は僕がやっているススキをやりたかったのです。僕は柾子ちゃんが何回も「うちもしたか！」と言うのを、その都度、「うんにゃ、させん！」と拒否していたのです。

柾子ちゃんが花火を持つ僕の手を掴もうとしたので、一瞬、僕は手を引っ込めました。すると、柾子ちゃんはちょうど火の粉を飛ばしている花火の火薬の

＊ひけしぼ！（小心者）

部分を握るようなことになったのです。

「ギアーッ！」と柾子ちゃんの悲鳴があがりました。

直ぐそばにいた桃子おばちゃんがとっさに、柾子ちゃんの手を取ってバケツの水に突っ込みました。そのとき、ジュッと火が消えたような音がしたのです。手のひらが赤くなって、火傷していました。でも、ゼッタイ僕のせいではないのです。

柾子ちゃんは「痛《いた》か、痛か……！」と泣きわめきながら、「祐ちゃんのせいで火傷したと！」と桃子おばちゃんに訴えていました。しかし、桃子おばちゃんは「なんの、火の点《つ》いとっとんばー。そぎゃんときにおっ盗《と》れば、火傷すっさ。祐ちゃんのせいやなか」と言ってくれていました。

それでも、柾子ちゃんは「祐ちゃんのせいばい。祐ちゃんのせいで火傷したと。どげんしても、祐ちゃんのせい！」と言い張ります。そして「もう、はがいか！」と言うや、柾子ちゃんはその場にうつ伏して泣き始めたのです。

桃子おばちゃんが柾子ちゃんの背中を「よか、よか……」と言ってさすりながら、「あら、こん子はイロケんついたんやろか……？」としきりに小首を傾げていました。

それから、柾子ちゃんはおかあさんに連れられて、近くの古川病院に行ったのです。


その日、花火は途中でお仕舞いになりました。正夫くんたちは二階の子ども部屋に上がり、小っちゃい姉ちゃんと妹は一緒に家に帰りました。僕は桃子おばちゃんに呼ばれて、おばちゃんの離れに行きました。柾子ちゃんが古川病院から帰って来るのを待たされたのです。

僕は桃子おばちゃんから叱られるものだとばかり思っていました。

ところが、桃子おばちゃんは「祐ちゃんな、いま六年生ね。まだ声変わりはしとらんごたるたいね。来年のいまごろは中学生たい。声変わりもして、もっと大人になっとるやろ。そぎゃんなれば、ちょこっとはわかるかもしれんばってん、女子《おなご》には優《やさ》しゅうせんばばい。そいが男っていうもんたい」と言って、戸棚から長四角い包みのようなものを取り出して、佐賀の小城羊羹《おぎようかん》をご馳走してくれました。

*はがいか（くやしい）

桃子おばちゃんの部屋はとても変わっています。入口の正面に小っちゃな四角い仏壇があるのですが、なかに収めてあるのは仏像ではなくて、銀色のクルスなのです。本棚の上に真空管のラジオがありますが、これも姉たちがよく聴く歌謡曲ではなくて、もの静かなクラッシックが流れています。そして、桃子おばちゃんによく似た女の人が額に入って壁に飾られていました。どこを見ても僕《ぼく》ん家《ち》とは違います。ですから、なんとなくあれこれ訊いてはならないような気がします。

僕はおそらく、実に不思議そうに、じっと目をこらして壁に飾られている女の人の写真を見ていたのでしょう。桃子おばちゃんがいつも首に巻いている白いスカーフを取りました。すると、そこには小さなクルスの首飾りがあったのです。中学生の姉たちが言っていたピカドンにやられた火傷の痕ではなかったのです。

僕はハッとしました。

「おばちゃんはキリスト教たい。昔はキリシタンって言うとったとさ。祐ちゃんにはわからんばってん、おばちゃんの曾《ひ》ばあちゃんな浦上＊クズレたい」と桃子おばちゃんは難しいことを喋り、壁の写真を見ながら「原爆で死んだ姉ちゃんと一緒やったけん、今《いま》でんおばちゃんは、隠れキリシタン*かもしれんばいね」と言って、手を額から胸へ、そして両肩にもっていって、指を組んでお祈りの仕草をして見せました。

僕はそれをただぽかんとして眺めていただけでした。父が勤めている長崎に行くと、たしかに三角屋根の教会があちこちにあります。お祈りをしているところを見たこともあります。ですから、べつに珍しくはありませんでした。それより僕は、小城羊羹がおいしくて、あまりにもおいしいものですから、半分っこして残りの半分を、「持って帰ってよか？」と桃子おばちゃんに訊いていました。

桃子おばちゃんは「ほんなこつ、祐ちゃんなまだ子どもたいね」と言い、「うっふふ……」と小さく笑いながら「よかよ。持って行きんしゃい」と言っていました。

それからしばらくして、手に白い包帯をした柾子ちゃんがおかあさんに連れられて古川病院から帰って来ました。僕はそれを桃子おばちゃんが住んでいる

*浦上クズレ（幕末、浦上でのキリシタン弾圧事件）*隠れキリシタン（禁教下の潜伏キリシタン）

離れの玄関のところから見ていました。ポケットには半分っこした残りの小城羊羹が入っています。

僕は、その半分っこした小城羊羹を征子ちゃんに、黙って差し出していました。

# 三章　海水浴

お盆を過ぎると、クラゲが出るというので、僕《ぼく》ん家《ち》ではお盆前に家族全員で大村湾の横島へ海水浴に行きます。横島の海水浴場には国鉄の「海の家」があるのです。毎年、この時期になりますと、家族全員で海水浴に行くのが、僕ん家の行事なのです。今年、兄が高校三年生ですから、家族全員で海水浴に行けるのも最後になります。来春、兄はおそらく長崎か佐賀の国立の大学に合格するでしょう。地元の長崎だったら、汽車通学するでしょうが、佐賀だったら、下宿です。そうなると、夏休みはどちらの大学に合格しても、兄はアルバイトするしかないでしょう。国鉄職員の家ですから、お金があるわけがありません。給料日前はたいてい「はっちゃんめし*」と、僕の大嫌いなダイコンとニンジンの「にしめ*」の二品だけなのです。ですから、僕は中学校を卒業すると、一日も早く働いて白いご飯を腹いっぱい食べたいのです。

昨年、僕は背中に三針も縫う大怪我をしました。それでも、なんとか糸がとれて、海水浴に間に合ったのです。一年に一回の海水浴に行けないなんて、僕はゼッタイいやです。

でも、今年はなんもなくて、僕は海水浴に行けました。もし、内村さん家の柾子ちゃんが行きたいと言っても、火傷していますから、行けません。柾子ちゃんのことを考えると、少しかわいそうですが、僕をいじめた天罰です。いい気味です。

横島駅は夏の間だけの臨時の駅です。今日は母が国鉄の家族パスを見せて改札口を出ました。地元の駅だったら「お願いしまーす」で入るのも出るのも顔パスなのですが。

諫早の普通高校に通学している兄は、補習授業が終わってからやって来るそうです。兄は僕と違って、とにかく中学の先生が認めるほどの秀才なのです。大学に行こうとして一生懸命に勉強しています。その兄は三時頃、父は、今日は早番だそうで、お昼頃には「海の家」に着くそうです。ですから、僕ん家の家族全員が集まるのは三時過ぎということになります。

それから、僕ん家では海水浴に行くとき、大きい姉ちゃんが空豆《そらまめ》を炒ってく

＊はっちゃんめし（さつまいもの混じったご飯）　＊にしめ（煮物）

れます。空豆はすぐに食べるのではなくて、巾着袋に入れて腰に提げ、泳いでいる間中、海水に浸けておくのです。海から上がるとき、ふやけてちょうどいい軟らかさになっています。このふやけた軟らかい空豆を横島駅までの帰り道、ぼりぼり食べてもいいし、汽車の中で食べてもいいわけです。ですが、横島駅の広場では必ずといっていいほど、アイスキャンディー屋さんがいます。これがまた、もうひとつの僕の海水浴での楽しみなのです。

海水浴場のある横島駅にはお昼前に着きました。踏切を渡って、小高い丘を切り取った坂道をしばらく行くと、葦《あし》が繁った沼地に突き当たります。二股に別れていて、右に曲がります。左側にも海水浴場はありますが、そちらには国鉄の「海の家」はありません。右に曲がるとすぐに、赤土の道が砂浜に変わります。木製の太鼓橋を渡りますと、潮の香りがぷーんと強くにおってきます。そして、潮の香りがだんだん強くなってくるにしたがって、僕は早く泳ぎたくなってうずうずしてきます。こうなると、僕にもわからないことなのですが、自然と歩くのが速くなるのです。

「祐二、そぎゃん急がんと！」と小っちゃい姉ちゃんが声をかけてきますが、

「うんにゃ、急いどらんと。こん足のさ、知らんばってん、速うなっとたい」

と答えて、僕はどんどん先になって進みます。

「場所ば取っとってやるけん！」

僕は駆け足になりました。


国鉄の「海の家」は、もうたくさんのお客さんでごった返していました。いつもの場所はよその人に取られていましたが、真ん中あたりの丸い柱のある場所があいていました。僕は物置から茣蓙《ござ》を二枚持って来て、場所取りをしました。


しばらくして、母たちがやって来ました。しかし、母は「海の家」には上がらずに、外できょろきょろしています。

「かあちゃん！　こっちばい」

僕は母に手を振りました。しかし、母はこちらを見ているのに、知らんぷりです。

妹が「海の家」に上がって来ました。それから、大きい姉ちゃんと小っちゃい姉ちゃんがやって来ました。大きい姉ちゃんは弁当の入った大きな手提げを持っています。

「かあちゃんな、＊どぎゃんしんしゃったと？」

不思議に思って、僕が訊きました。

「なぁーんの、とうちゃんば捜しよんしゃっと。もう来とんしゃっとって」

大きい姉ちゃんが答えました。

「とうちゃんな、もう来とんしゃっと！」

僕はびっくりしました。お昼過ぎと言っていたので、まだ来ていないとばかり思っていたのです。

父と遊ぶなんてめったにないことなのです。今年は春の黄金週間に、山茶屋《やまんちやや》にワラビ採りに行ったきりです。あのときは、山茶屋草原で焼いて食べたイワシの丸干しが「いっとう、うまかった」のです。

横島駅の臨時の駅長さんが、父の顔を知っていて、母に「委員長さんな、もう来とんしゃるばい」と知らせたそうなのです。

父は国労の地方区の委員長をしているそうですが、僕にはなんのことだかさっぱりわかりません。でも、駅員で父の顔を知らない人はいないのだそうですから、よっぽどエライ人なのかもしれません。家では焼酎を飲んでばかりですし、親戚の家に行っても酒を飲んでみんなで皿踊《さらおど》りなんかをやっています。それから、あまりいい話ではありませんが、父は痔が悪くて、歩きながらも「ぷっぷ、ぷっぷ」とおならをします。時々お尻に手をやって、片足を上げ、ぼりぼりと掻いています。そして、このことを一番嫌っているのが、大きい姉ちゃんです。大きい姉ちゃんは酒を飲んだ父に「よそばしか！＊　近寄《ちかよ》んしゃんな」と言って、いつも怒ってばかりいます。

その父が「海の家」の一番奥にある売店の前に陣取って、おそらく同じ国鉄職員なのでしょう、五、六人の人たちともう酒を飲んでいるのでした。母が呼ばれて何かを喋っています。ふつう女の人は、恥ずかしがって何も喋りません。いや、喋れないのかもしれません。ですが、母は違います。母は以前、妹が小学校に上がる前まで、近くのお寺で幼稚園の先生をしていました。そのときの先生のくせがまだ残っているのでしょう。背筋をぴんとのばし、毅然とした態度で何かをしきりに喋っています。メガネをかけていて、キッと睨まれると、

＊どぎゃんしんしゃったと？（どうしたの？）＊よそばしか（汚い）

僕は恐ろしくて思わず小便をちびりそうになります。僕が悪いことをすれば、母は「わがが手で叩けば、わがが痛かもんね」と言って、革のバンドでぶってくるのです。ですから、僕の友達はみんな「祐二のかあちゃんな、オニのかあちゃんやんもんね。角《つの》の生《は》えとらすたい」と、先生を辞めた今でも怖がっています。

母の代わりに、大きい姉ちゃんがあれこれ指図しながら、お昼ご飯の用意をしています。でも、父も母もなかなかやって来ません。僕は待ちきれなくて、先に海水パンツに着替えました。早く泳ぎたくてしかたなかったのです。お昼ご飯は一回泳いでからでもいいのです。拡声器からＮＨＫのお昼の十二時の時報が鳴ったのは、ほんのさっきだったのです。海は目の前にあるのですから、半時間ぐらいは泳げるはずです。

僕は「一回、泳いでくっけん！」と言って、ひとりで「海の家」を飛び出し、裸足で波打ちぎわに駆け出しました。さあーっとフナムシが逃げ出し、道を作ってくれます。白く乾ききった砂は、夏の暑い太陽の光をあびて、鉄板のようにパチパチとはじけています。その上を裸足で踏みつけるものですから、思わず「あっちっちー！」と悲鳴があがります。でも、このままザブーンと頭から海に飛び込めば、「うんにゃー、冷《つめ》とうて気持ちんよか！」となるはずです。ところが、僕は波打ちぎわの冷たい海水に足を突っ込んだ瞬間、二の腕をぎゅっと掴まれて、強く、岸辺に引っ張られていました。

大きい姉ちゃんが突っ立っていて、いきなりバシリと頬を張られていたのです。

「なんばしよっと！　うんぶくれれば、一人じゃどぎゃんしょうもなかとぞ！」

大きい姉ちゃんは目をかっと見開いて、さらに殴りかかりそうだったのです。

僕はとっさに両手で頭を覆い「かんにん！」と謝っていました。

しかし、僕は決して金槌《かなづち》ではないのです。泳ぎの達者な水泳部の兄の教えを受けて、自由形も平泳ぎもできます。今日はたぶん、兄が背泳ぎとバタフライを教えてくれるはずなのです。なのに、大きい姉ちゃんは僕を金槌扱いなのです。本当は「うんぶくれん！」と口答えできるのですが、大きい姉ちゃんの初めてのバシリの一発が効いていました。

僕はしかたなくうつむきながら、大きい姉ちゃんの後ろについて「海の家」

*なんばしよっと！（何をしてる！）　*うんぶくれれば（おぼれたら）

に戻りました。

お昼ご飯は、麦の混じったお握りを三つずつ食べました。貝掘りでポンポン船の上で食べた内村さん家の白い握り飯と違ってぽろぽろしています。おかずは父が長崎の大波止の魚市場から買って来たイワシのかんぼことアゴのちくわと、部厚く切ったハムです。あとは油でさっと炒めた高菜があります。

僕はこのなかでは高菜が大好きです。次にイワシのかんぼこ、ちくわは中が空っぽなので、なんとなく食べても損しているような気分になります。ですから、あまり食べません。

父は、ほんのいっときアゴのちくわを囓《かじ》りながら、「祐二はまた、高菜ばっかい食いよるとな」と言い、「一人で泳《およ》がんとぞ。海は潮の流れがあっけん、うんぶくるっと」と僕に注意して、再び売店のほうに戻って行きました。

僕は父の後ろ姿に向かって「うんぶくれん！」と言ってやるつもりでしたが、なんとなく言うのを取りやめました。ほんのちょっとでも父と話ができて、僕はうれしかったのです。

お昼ご飯を食べ終わりますと、しばらくごろごろしています。小っちゃい姉ちゃんが物置からマンガ本を持ってきてくれました。

僕たちはそれを回し読みします。ちょうど一冊ずつ読み終えたころに、母の声がかかります。

「もうよかやろ。泳ぎに行くばい」

母は幼稚園の先生をやっていたものですから、準備体操としてラジオ体操の第一を僕たちにやらせます。みんなが見ていますので、恥ずかしいのですが、しかたありません。

母は大きな声で「オイッチ、ニー、サン、シー」と号令をかけて、自分でも体を動かします。準備体操が終わると、次は波打ち際に行き、そこで足から順に海水に体を浸けていきます。最後に、頭に海水をかけるとお仕舞いです。

大きい姉ちゃんは、去年から海に入らなくなりました。大きい姉ちゃんはひどく運動神経がにぶいのです。駆けっこも遅いし、いくら泳ぎを教えても泳げないのです。手をばたばたするだけで、すぐに顔を上げます。ですから、大きい姉ちゃんは去年から荷物番になりました。裁縫が大好きで、何時間でも飽きずに、今は鉤針編《かぎばりあ》みに夢中です。

父は、今日はもう海に入らないでしょう。酔っ払っていますので、母がきつく止めるはずです。酔っ払った父が大嫌いな大きい姉ちゃんのそばで、おそらく父は何も知らずにお昼寝を長々とするでしょう。海風が吹いていますので、とても気持ちいいはずです。それから、三時になると、兄が来ますので、荷物番といっても、大きい姉ちゃんはいろいろと忙しいのです。

横島の海水浴場は、今はまだ引き潮で、どんどん潮が引いています。沖のほうに飛び込み台があります。二、三人の人が二段目から沖に向かって飛び込んでいます。母は妹の浮き輪を片手に持って、横泳ぎでずんずん飛び込み台のほうへと泳いでいきます。

僕はまだ足が地べたに届きますから、泳がずに海の中を歩いています。目に海水が入ると痛いので、左右が真ん丸い輪っか状の水中メガネをかけています。そして、腰には空豆の入った巾着袋をひもでくくりつけて、海水パンツの中に隠しています。

飛び込み台の近くまで行きますと、さすがに足が地べたに届きません。僕は自由形で泳いで行って、丸太に掴まり、一段目の飛び込み台に登りました。まずは肩慣らしです。立ち飛びなら簡単です。足から飛び込みますから。しかし、これが頭から飛び込むとなりますと、少し勇気がいります。自分ではうまく頭から飛び込んでいるはずだと思っているのですが、海面に着水するときに失敗して、お腹をばしゃんと強く打つことがあります。そうなると、海水が鼻から入ってツーンと痛いし、お腹も赤くなってヒリヒリします。痛いのもありますが、それより、自分ができない悔しさからつい泣きたくなります。

一段目から何回か飛び込んだあと、僕は二段目に挑戦しました。梯子段《はしごだん》を登り、二段目に上がりますと、海面がほとんど遠くに見えます。立っていることはできるのですが、真っ直ぐ海に向かって突き出ている飛び込み台の板にのることができないのです。なんとなくブルブルふるえてきます。寒くもないのに、顎がガチガチふるえるのです。でも、ここまで来て引き返すのもしゃくにさわるのです。

下からは小っちゃい姉ちゃんの声で「祐二、早うしんしゃい！」と言われるのですが、体のほうがいうことを聞いてくれません。そうしているうちに、小っちゃい姉ちゃんが二段目に登って来ます。

「なんばしよっと、祐二は！　＊ととしかたい！」

小っちゃい姉ちゃんはそう言うと、板の上をとっとっと歩いて行って「こぎゃーんやって、飛び込むとばい」と言い、鼻をつまみ、なんのためらいもなく、足から立ち飛びでドボーンと飛び込んだのです。でも、そう手本を見せられても、性格が怖がりなものですから、僕には、すぐにはできないのです。

「なぁーん、祐二はひけしぼね！」と母から言われても、どうしようもありません。

仕舞いには小学三年生の妹さえからも「ひけしぼ、ひけしぼ……！」と連呼されて、馬鹿にされる始末です。

僕はとうとう飛び込むことができずに、後ろ向きで梯子段を下りました。そして、一段目からはなんのこともなく、足からではなくて、頭から飛び込むことができるのでした。

兄が沖合のほうからぽっかりと現れたのは、僕が二段目の飛び込み台から鼻をつまみ立ち飛びで、ようようのことで飛び込むことができたときでした。

「なぁーん、祐二はまだ立ち飛びしかできんとか」

兄はそう言いながら、スイースイーと自由形で泳いで行き、飛び込み台の二段目に登るやいなや、板を大きくゆらしてさらに上に向かって飛び込み、きれいな弧を描いて、もちろん頭からザブーンと着水するのでした。

僕は思わず「すごか！」と拍手します。僕には大人になってからも、兄の真似はできそうにありません。とにかく、頭もいいし、運動神経もとびぬけています。学校の先生からも「兄ちゃんな、すごかばってん、弟はなんな！」と飽きられています。

兄が僕のところにやって来て、「祐二、自由形ばやってみんか！」と指図します。

僕は頑張って泳ぐのですが、「うんにゃー、息継ぎのなっとらんたい」と注意されるし、「バタフライはまだできんばい。力のなかもん」と言われて、端から教えてくれませんでした。背泳ぎはただ浮かぶだけだからと言われても、海の上で仰向けになれないのです。だって、顔にすぐ波がかぶさってきて「うんぶ

＊とどしか（いくじなし）

くれる」のです。海水を飲んでゴホンゴホンとなります。
兄は「しょんなかたい。もっと力ばつけんば」と言い、「ボートば借りに行くばい」と岸辺の貸しボート屋さんのほうに向かって、浅瀬をばしゃばしゃと歩いて行きます。僕は「兄ちゃん、待ちんしゃい！」と呼びながら、あとを追いました。

貸しボートには、僕と小っちゃい姉ちゃんが乗りました。母と妹は三時休みだと言って「海の家」に戻りました。大きい姉ちゃんは風がよくとおる涼しい場所に移動していて、やはり鉤針編みに夢中でした。酔っ払いの父は、ガーガーと大きないびきをかきながら、思ったとおり昼寝をしていました。このとき、小っちゃい姉ちゃんが小枝で父の鼻の穴をこちょこちょといたずらをしたのです。すると、父は「フン」と鼻を鳴らしたあと、「はくしょん！」とやりました。小っちゃい姉ちゃんは大喜びして「あっはは……」と笑いながら、兄のあとを追って「海の家」を飛び出したのです。

貸しボートの前には僕が、後ろには小っちゃい姉ちゃんが陣取りました。漕ぎ手はもちろん兄です。兄は力があり、また漕ぐ要領がいいのか、ひとかきするたびにスピードがどんどん増すのです。

あれよあれよという間に沖に出ました。沖に出ると、兄はオールを引き揚げて、僕に「よかか、オールば流されんごと、見とかんばばい。ひと泳ぎしてくっけん」と言ったかと思うと、想像もつかないほど深そうな青々とした海面にドボーンと飛び込みました。

小っちゃい姉ちゃんも、妹の浮き輪を持ってきていましたので、その中に入ってボートからそろりと降りました。ボートは少しずつ潮に流されて、岸からずいぶんと遠くにきています。海水浴場の裏側のほうに来ていますので、周りに海水浴客は見あたりません。

「奈美絵《なみえ》姉ちゃん、もう上がってこんね」と声をかけますが、小っちゃい姉ちゃんは浮き輪の輪のところにお尻を入れて、仰向けになって波間をどんぶらこどんぶらこと気持ちよさそうに漂っています。

僕はなんとなくつまらなくなりました。つまらなくなりますと、兄が注意していたオールを流されないようにと言っていたことが、つい気になります。ちょっとぐらいいさわってもいいのではないのかと思うのです。

そこで、僕はオールを一本持ち上げてみました。思っていたより軽いのです。これならオールを半円形の鉄の受け手に置いて漕げるかもしれない、と僕は思いました。それにボートが少し沖のほうに流されているような気がしないこともないのです。岸を背に、沖のほうを見ながら漕げばいいわけですから、「朝めし前ばい！」と僕は思いました。

オールを二本とも半円形の鉄の受け手に置いて「よいしょ！」と漕ぎました。ところが、海水を掻くという手応えがまったく感じられないのです。

「うんにゃー、こいはなんか違《ちご》うごたるばい」

僕はオールの先を見ました。どうやら平らな部分を海面と平行にして漕いでいたようなのです。たしか、兄はオールの平らな部分を海面に垂直に立てて漕いでいたような気がします。僕のやり方とはまったく正反対です。そして、その際、オールを持つ手を下げ、オールの先端を大きく半円を描いて漕いでいました。

僕は兄を真似て、オールの先端を大きく上にあげようとしました。

と、そのときです。オールの片方がすっぽんと抜けて、海面に落ちたのは。

「ありゃりゃー！」

僕は叫んでいました。

「こいは、兄ちゃんにがらるっばい。*早う、オールば拾わんば」と思いましたが、僕にはできないのです。ドボーンと飛び込んで、ばしゃばしゃと泳いで行ってオールを掴むなんて……。

僕はとっさに大声をあげました。

「兄ちゃん！　オールの流れよる！」

小っちゃい姉ちゃんがすぐに気がついてくれて、「兄ちゃん！　祐二がオールば流しよるばい！」と沖に向かって叫びました。

小っちゃい姉ちゃんの声は、僕の声より二倍か、三倍ぐらい高く大きいので、沖で泳いでいた兄にすぐに伝わったようなのです。

僕がハッと気がついたときには、兄はもうボートの近くにいて「どこな？」と訊いていました。

僕は「あっちばい！」と指差しました。

オールはかなり沖まで流されています。でも、兄は何事もなかったかのよう

*がらるっばい（叱られるよ）

に、ばしゃばしゃと泳いで行って簡単にオールを掴みました。そして、オールを掴んで横泳ぎで持って来るのではなくて、オールを目の前に浮かべたまま、それをボートに向かってスィーと押し、平泳ぎで再び掴み、またスィーと押して戻って来たのです。

「こん馬鹿たれが！　オールば流《なが》されんごとう、見とかんばって言いよったろうが！」

兄はそう口で叱っただけで、珍しく殴ってきませんでした。僕は殴られるものだとばかり思っていたので、なんとなく拍子抜けしたことを覚えています。しかし、このあと僕は、兄からガッンと頭を殴られるような大失態をおかしたのです。

ボートをそろそろ返すという段になって、岸辺が目の前に迫って来たときです。僕は立ち上がって、内村さん家の正夫くんを見習ってボートから岸へぽんと跳び降りる気でいたのです。

兄は「祐二！　立たんと。座っとかんば、危なか」と注意していましたが、僕は「なんのこんくらい」と思っていました。

そして、岸がほんの目の前に来たとき、僕はボートの船底を「エイ！」と蹴って、自分では岸に跳び降りたつもりでした。ですが、利き足の左の爪先が何か滑ったような、蹴っているのに蹴っていないような、まるで何者かに爪先をペロンと舐められて気持ちよく空中を飛んでいるかのような感じで、そのままどぼんと海に落ちたのです。

「アリャー！」と僕は思いました。しかし、そのあと海に落ちて、海水を飲んだのでしょう。いっぺんにパニックに陥り、泳げるはずなのに、泳げずにただバタバタしていたのです。

兄がすかさず跳び込んで来て、僕の顎を両手でグイと引き揚げました。すると、すーっと楽に呼吸ができて、僕は思わず「死ぬるごとあった！」と叫んでいました。

兄は「こん馬鹿たれが！」と叱り、頭をガッンと叩いてきたのです。

「わいは物理の法則ば知らんとやろ！　反作用ちゅう力が働くっとぞ」

兄はそう言って、僕にはまったくわからない「ブツリノホウソク」という謎の言葉を使ってきたのです。おそらく、兄はこのころ、物理の勉強を頑張っていたのでしょう。
僕はボートに引き揚げられると、海水を飲んで喉をやられたのか、ゴホゴホと何回も咳き込みました。そして咳き込みながら、僕の頭の中では「ブツリノホウソク」という謎の言葉が呪文のようにぐるぐる回っていたのです。

ボートを返して海から上がると、僕たちは「海の家」の売店に行って、国鉄の引換券を使ってラムネと菓子パンを買ってきます。ラムネは人数分、菓子パンはそれぞれ自分が食べたいものを買います。僕は甘くて黄色いクリームが大好きなので、クリームパンにします。妹にも同じクリームパンを買わせます。もし、食べきれずに残ったら、その残り物に預かろうという魂胆が、僕にはあるのです。父は甘いものが嫌いなので、その券が僕と妹の分になりますが、たいてい小っちゃい姉ちゃんが口を出してきます。そして小っちゃい姉ちゃんの大好きなメロンパンを三等分することになります。兄はあんパン、大きい姉ちゃんはジャムパン、それから母だけがなぜかいつも板チョコを買います。板チョコはパンの半分ぐらいで、ほんの三口半ぐらいで食べきってしまいます。母は損していないのでしょうか。

母は満州生まれで、満州で育ったといいます。父とは満州で出会ったのだそうです。ですから、僕ちん家は満州からの引き揚げ者なのです。兄と二人の姉は満州生まれです。母は外国で育ったせいか、考え方がとてもハイカラなのです。食べるものも好きなのは、父と違って、魚ではなくて肉なのです。板チョコを食べるのも、何か知らないけれど、糖分の吸収がよくて、疲れがいっぺんに取れるのだそうです。

「海の家」に行くと、自分の食べたいものが食べられ、好きなだけ泳げて、まるで夢のような一日です。おまけにお小遣いを一円も使わなくていいのです。それは大人もそうですから、父が酔っ払ってずっと昼寝してしまうのも、わからないわけではありません。

僕はクリームパンを食べ終えた後、なんとなく妹をちらちら見ながら、漫画本を読んでいました。けれども、妹はきれいにクリームパンを食べ終わり、メロンパンまでぺろりとたいらげてしまいました。

僕は「あーあ!」と溜息をつき、ごろりと仰向けになって漫画本の続きを読みました。

長い昼寝から目覚めた父も、おいしそうにラムネを飲んでいます。ラムネを飲み終わりますと、父はズボンのポケットから鉄道員しか持っていない丸い蓋付きの懐中時計を取り出し、カパッと蓋を開けて時間を見ます。それから、折れ線グラフ模様の時刻表を見て「五時の汽車しかなかばい」と言って、立ち上がりました。

今年の海水浴はこれでお仕舞いです。僕は父よりも先に「海の家」を出て、国鉄スワローズの野球帽子を被ってみんなが出てくるのを待ちます。その間に、巾着袋に入っているふやけた空豆をぽりぽり食べるのも、僕の楽しみの一つです。今日はここで全部食べてもいいのです。自分の孟宗竹の貯金箱から、苦労して十円玉を二つ取り出してきたのです。薄いセルロイドの下敷きの角を貯金箱の入り口に入れ、何回もひっくり返し、うまく十円玉が乗っかったところでそろりと引き出すのです。これはあとで、駅に着いてからアイスキャンディーを買うためのものなのです。今は誰にも秘密です。

「祐二は、もう食べよっと。あとは知らんばい。*くんしゃいって言うても、うちはやらんけんね」

　小っちゃい姉ちゃんが注意してきました。

「*いんにゃよか。駅に着けば、アイスキャンディーば買《こ》うけん。そんために、二十円持ってきたと」

　僕はズボンのポケットから十円銅貨を二つ取り出して、小っちゃい姉ちゃんに見せびらかしました。

　すると、小っちゃい姉ちゃんは「ありぁー、よかたい。うちにもひとくち、ぺろんって舐《な》めさせんしゃい」と言ってきました。

「ばーか！　だいが舐めさせるもんかん」

　僕はそう言って、駆け出しました。


　横島の海水浴場から帰るときは、たいてい満潮になっていて、木造の太鼓橋の下は海水で満杯です。陽はまだかんかん照りですが、木陰に入りますと、さすがにひんやりとします。背中は陽に灼けてヒリヒリしています。ひと夏に二回は皮がむけます。これから一週間ぐらい経つと、横島の海水浴場に行った分

*くんしゃい（ちょうだい）　*いんにゃよか（いいんだよ）

の皮がむけるはずです。途中で皮が切れないように、ビリビリと少しずつはがしてゆく感覚がとても気持ちいいのです。

切り通しのゆるい坂を登って、踏切を渡ると、横島駅はもうすぐです。道の脇に雑貨屋さんとうどん屋さんがあります。そこを通り抜けて角を曲がると、駅の広場があります。

その広場には、自転車の後ろの荷台に大きな箱を載せたアイスキャンディー屋さんが必ず二人はいます。アイスモナカとか、アイスキャンディーとかの幟《のぼり》を立てて売っています。ハンドベルを派手にジャリン、ジャリンと鳴らしています。アイスキャンディー屋さんは今が稼ぎどきなのです。

僕は踏切を渡ったころから、アイスキャンディー屋さんの「キャンディーはいらんかの?」の声を聞くと、もうだめです。口の中は、冷たいアイスキャンディーの味でいっぱいになります。誰より早く、アイスキャンディーを口にするのが、今日の僕の海水浴での一番最後の楽しみなのです。

しかし、困ったことに今日は、どのアイスキャンディー屋さんから買ったらいいのかひどく迷っているのです。といいますのは、新しく頭にねじり鉢巻きをしたおじさんがいるのです。去年までは麦わら帽子のおじさんと、丸い黒縁のメガネをかけたおじさんしかいませんでした。麦わら帽子のおじさんはアイスキャンディーで、メガネのおじさんはアイスモナカです。アイスモナカのほうがおいしのですが、くじがついていません。アイスキャンディーにはくじがついています。食べ終わったあと、棒に「アタリ」の表示があれば、もう一本、今度はただで食べられるのです。ですから、どうしても麦わら帽子のおじさんから買うことになるのです。食い意地がはっているものですから。

ところが、今日はもう一人、新しくねじり鉢巻きのおじさんがいるのです。アイスキャンディーの天辺《てっぺん》にスキムミルクが入っているそうで、おまけにくじもついています。ちょっと高くて十五円だそうです。二十円持っていますから、買えないことはないのですが、やはり迷います。何を迷っているのか、自分にもよくわからないのですが、迷います。

そして、汽車の時間が差し迫ってきているのに、まだ決めきれずにいるので、大きい姉ちゃんが「去年は、麦わら帽子のおんちゃんのアイスキャンディーば、買《こ》うたとやろ？　アイスキャンディーは、いつでん売りにきんしゃるけん、よかたい。今年は、どぎゃんね。試しにスキムミルクのキャンディーば、買《か》うてみんしゃい」と助言しますが、僕はねじり鉢巻きのおじさんのキャンディーがどうしても信用できないのです。スキムミルクが少ししか入っていなのではないのかとか、初めから「アタリ」のキャンディーは入っていなくて、売れ具合を見てこそっと一本入れるのではないのかとか、いろいろ考えてしまうのです。

「もう、祐二はごちゃごちゃ言うてせからしか！　うちは知らん」

大きい姉ちゃんはそう言って、さじを投げてしまいます。

こうなりますと、僕は一番無難ないつもの麦わら帽子のおじさんのアイスキャンディーを買うことになるのです。この間にみんなは、父からやはり同じ麦わら帽子のおじさんのアイスキャンディーを買ってもらっていて、汽車が来るころには食べきっています。ただ僕だけが「よか。二十円持ってきとるけん」と父が買ってくれるというアイスキャンディーを拒み続けます。そして、結局みんなと同じアイスキャンディーを自分のお金で買って食べるころには、汽車がプラットホームに滑り込んで来て「ほら、祐二！　乗るばい。早う食わんか」と兄から叱られる羽目に陥ります。

「祐二はほんなこつ、とろかばい。ぬたーっとしちょっと！」

小っちゃい姉ちゃんが兄の肩をもって、そう畳み掛けてきます。

「おいは、ぬたーっとしちょらん！　ちかっと決めっとが、遅かばっかいたい」

僕はそう言い返します。

すると、小っちゃい姉ちゃんは「ありゃー、そいばとろかって言うとたい」と言い、「あっはは」と人を小馬鹿にして笑い、頭をぽかりと叩くので、僕はつい頭にきて腕にがぶりとかぶりついてやります。

「ぎゃあー！」と小っちゃい姉ちゃんが悲鳴をあげ、「兄《にい》ちゃん！」と兄に助けを求めます。

「こら、祐二！」と叱られて、今度は兄からぽかりと頭をやられます。

こんな場合、止めに入るのは大きい姉ちゃんです。

「なぁーん、そぎゃん頭ばっかい叩かんちゃよかやろもの。祐二はとろかばってん、よかたい。誰《だい》も考えんことば、ゆうーっと考えよんしゃるばい」

大きい姉ちゃんはそう僕のことを言ってくれて、早く汽車に乗るようにデッキのほうに背中を押します。僕は押されたまま、汽車に乗り込みます。

＊とろかばい（ださいんだよ）　＊ぬたーっと（ぼんやりと）　＊ゆうーっと（ゆっくりと）

帰りの汽車は、海水浴客でいっぱいです。しかし、次の駅の諫早駅まででです。今は夏休みなので、通学している高校生も少ないのです。諫早駅から乗ってくる高校生は進学校に通う、兄のように補習授業を受ける学生しかいません。中学三年の大きい姉ちゃんは、来年大村のほうにある私立の高校に行く予定です。僕は兄のように秀才ではありませんので、たぶん中学校を卒業したら、名古屋の親戚の家に働きに行くことになるでしょう。名古屋の親戚の家は、自動車の部品を作っている工場を経営しているそうです。そこのおじさんが「祐二は、中学ば卒業すれば、うちにくればよか。夜間高校に通ってもよかぞ。そんうち、国家試験ば受けて、整備士の免許ばとればよかやろもん。将来は独立して、自動車整備工場の社長ばい」と言ってくれます。ですから、僕は大きい姉ちゃんが言うように「誰も考えんことば、ぐちゃぐちゃ」考えているわけではないのです。ただ勉強が嫌いなだけなのです。

汽車が諫早駅に着くと、案の定、乗客が次々と降りて、座席ががらがらになりました。僕は通路を中のほうに入って行きました。

そのときです。

「祐ちゃん！」と僕を呼ぶ女の人の声が耳に入ったのは。

ひょいと見ると、内村さん家の桃子おばちゃんが窓際の席に座っていました。白いネッカチーフを首に巻いています。

「なぁーん、桃子おばちゃんたい。どぎゃんして、ここにおると？」

僕はびっくりして訊きました。

「長崎からの帰りたい。祐ちゃんは、なんね？」

桃子おばちゃんは珍しく赤いべにをさしています。

「おいは海水浴たい。横島に行ったと」

「そぎゃんね、そいはよかったたい。面白かったやろ？」

桃子おばちゃんは満面に笑みを浮かべていました。

僕は桃子おばちゃんの前の席が空いていましたので、そこに座りました。

僕の隣には大きい姉ちゃん、桃子おばちゃんの隣には小っちゃい姉ちゃんが座っています。通路を挟んで、反対側の席に母と妹、そして父と兄が座っています。

汽車が動きだすと、母が「いつも、祐二がお世話になって、悪かね」と桃子おばちゃんに声をかけました。

すると、桃子おばちゃんは「祐ちゃんな、面白かもんね。いっちょん悪うなか。おばちゃんのほうが元気づくっとよ」と答えます。

僕はなんだか、褒められているようで照れくさくなります。

「体のほうは、どぎゃんですか？」

母が訊きます。

「まあ、今んとこは、*どぎゃんもこぎゃんもなかとです」

「そいが一番よか。なぁーんもなかとが、一番たい」

母はそう言うと、窓際に座っている妹の里美を見て「ありゃ、こん子はもう寝とるばい」と言っていました。

このとき僕は、なんとなく桃子おばちゃんは病気しているのかなと思っていました。

姉たちはこそこそと「ヒバクしとらすとたい」と言っていましたが、僕にはヒバクの意味がわかっていませんでした。はしかや水ぼうそうのように子どもがかかるハヤリヤマイではなくて、大人のかかるハヤリヤマイだとばかり思っていたのです。それに、姉たちが小さな声でぼそぼそと言っていましたので、そんなことは訊いてはならないような気が、僕にはしていたのです。

桃子おばちゃんは汽車のなかで、僕たちに明治のミルクキャメルをご馳走してくれました。たまたまバッグのなかに一箱入れていたそうです。

駅に着くと、僕は桃子おばちゃんと一緒に家まで帰りました。帰り道、桃子おばちゃんがいろいろと訊いてきますので、僕はボートに乗っていておぼれかけたことを話しました。

「あいば、祐ちゃんな、うんぶくれたと？」

桃子おばちゃんが訊いてきます。

「ウン、うんぶくれたと！」

僕はすぐに答えました。男としてはちょっと格好悪いのですが、本当のことなので仕方ありません。

「ケガはせんやったやろうね？」

「だいがケガばするかん。ちょこっと辛《から》か水ば飲んだばっかい」

＊どぎゃんもごぎゃもなかとです（どうもこうもないんです）

「そぎゃんね、そいはよかったたい」と桃子おばちゃんは言って、それからふいに「あっはは……」と声を立てて笑い始めました。

「ばってん、おいのせじゃなかと！」

僕は笑っている桃子おばちゃんに大きな声で言いました。

「あいは「ブツリのホウソク」っていうとげな、兄ちゃんが言いよらした。そん「ブツリノホウソク」っていう化け物がさ、おいの足の裏をばい、ペロンって舐めしゃったと！」

そう言うと、僕は再び大きな声で笑いだした桃子おばちゃんを置いてきぼりにして、隣の曾野《そのち》さん家から、びゅーんっと走って帰りました。

この日、僕は夜遅くなってお腹が痛くなり、下痢をしました。キャラメルやらアイスキャンディーやら、クリームパン、そして空豆などをたくさん食べ過ぎたせいでしょう。僕は母から無理やり、にがくてくさいセイロガンを飲まされました。

# 四章　お盆

僕の地元では、お盆の三日間は川に泳ぎに行ったり、山に遊びに行ったりしてはいけないと言われています。その日、川に行けば河童《かっぱ》に尻から「じご」*を吸われて「うんぶくれる」と言われていますし、山に行けば「やーこう」*に引っ付かれて、気がおかしくなると言われています。

夏休みに事故が起こるのは、このお盆の三日間が一番多いのだそうです。お盆で親戚の人たちが県外からもたくさん集まり、ご馳走を食べたり、大人はお酒を飲んだりするものですから、陽気になり、つい羽目をはずしすぎて、事故の起こる確率が高くなるのでしょう。子どもは急流にのまれ、深い淵にはまって水死したりします。川面に浮いている子どもがいればすぐに引き揚げてパンツを脱がせ、「尻の穴ば見んしゃい」と言います。死んでいる子どもは尻の穴があいているそうです。河童に尻から「じご」を吸われているのです。それから、山にはおなごは、ゼッタイ一人で登ってはいけないのだそうです。特に「若《わ》っかおなご」は県外からやって来る「やーこう」に狙われて、あとで気が触れたり、首をくくったりするそうです。

僕《ぼく》ん家《ち》ではお盆の一日目は、お墓参りに行きます。二日目は親戚の家に行って、ご馳走を食べます。三日目は家にお坊さんが来て、お経をあげます。お坊さんは忙しいものですから、お経をあげますと、さっさと帰って行きます。

お坊さんはさっき朝早く来て、お経をあげて帰ったばかりです。次の檀家の人が待っているのだそうです。仏壇の前にはいろんなお供え物が置いてあります。お盆の干菓子をはじめ、果物ではスイカ、ウリ、長崎の親戚の家からは福砂屋のカステラが供えてあります。しかし、このお供え物は明日にならなければ食べられません。

お供え物を見ていてもつまらないものですから、僕は内村さん家《ち》に遊びに行きました。大きい姉ちゃんと小っちゃい姉ちゃんは長崎の螢茶屋《ほたるぢゃや》の親戚《しんせき》ん家《ち》に、お呼ばれで出掛けています。兄は諫早の図書館に行っています。家には母と妹しかいません。父は、今日は夜勤で明日帰って来ます。川にも泳ぎに行けませんので、正夫くんがたくさん持っている漫画本を見せてもらおうと思ったので

＊じご（内臓）　＊やーこう（狐の妖怪）

す。

ところが、正夫くんたちは小江《おえ》の親戚ん家に行っているそうで、桃子おばちゃんしかいませんでした。その桃子おばちゃんも、これから自転車で小江に行くのだそうです。

「なぁーん、だいもおらんと。つまらんたい」

僕はしかたなく家に帰ろうとしていました。

そこへ、桃子おばちゃんが「あいば、おばちゃんと一緒に、小江に行くかん？後ろに乗って行けばよかやろもん」と言ってきたのです。

僕は思わず「ほんなこて、よかと！」と大声をあげていました。

僕には家に帰っても何もすることがないのです。妹と遊んでもいいのですが、つまりません。すぐ泣くのです。

「後ろに乗せてくるっと？」

僕はうれしくて、つい二度訊いていました。

「よかばい。ばってん、尻の痛かばい」

「なぁーんの、そんくらい！」

「あいば、かあちゃんに言ってきんしゃい。おばちゃんと小江に行くばいって」

桃子おばちゃんがそう言いました。

僕はすぐ家に帰って「かあちゃん！　小江に行ってよか？」と訊いたのです。ですが、母は「お盆やっけん、行かんと！」と言ってきたのです。

「桃子おばちゃんが、自転車の後ろに乗せてくるって言いよんしゃると。小江には正夫しゃんがおんしゃっとばい。よかやろ？」

僕は必死になって、母にせがみました。

しかし、母は「小江は遠《とう》かたい。自転車でん、一時間半はかかるばい。桃子おばちゃんがきつかたい」と言って許してくれません。

僕はくやしくて泣きたくなってきました。

「ばってん、姉ちゃんたちは長崎に行っとったい。よかべべ*ば着て。うまかもんば食いよらす。小江は長崎よっか、ごっうー近《ち》かか！　そいに帰りは正夫しゃんたちと一緒に、バスで帰って来《く》けん、桃子おばちゃんな、なぁーんもきつうなか……」

僕の声はだんだん鼻声になってきました。

＊よかべべ（よそ行きの服）

すると、母が「そぎゃーん、行きたかと？」と訊いてきたので、僕はすかさず「うん！」と大きくうなずいて見せました。

「ほんなこつ、祐二はこすか。悪知恵の働くたい。小江は長崎よっか、ごっつー近かもんね」

母はとうとう小江行きを許してくれたのです。それもバス賃だと言って、三十円もくれたのです。

僕は思わず「バンザイ！」を叫んでいました。

内村さん家に戻ると、もんぺ姿の桃子おばちゃんが麦わら帽子のあご紐をきちんと結んで、納屋の前で待っていてくれました。自転車は青年団の三郎兄《あん》ちゃんが時々、橋本魚屋さんや農協に行くときに使っている、でっかくてごつい自転車です。後ろには荷台が付いています。中学二年生の正夫くんがようやく三角乗りからサドルにまたがって乗れるようになった自転車です。

桃子おばちゃんはサドルに跨《またが》っても、充分に脚が地べたに届きます。桃子おばちゃんは背が高く、すらりとしています。僕は桃子おばちゃんを見上げるたびに、いつも圧倒されます。

「うんにゃー、おばちゃんな、やっぱーすごかばい。おなごやなかごたる」

僕はつい圧倒されて、そう言ってしまいました。

「おばちゃんは、おとこやなかばい！」

当然のことのように、桃子おばちゃんが怒ります。でも、桃子おばちゃんはすぐに、にっと笑い「早《はや》う乗んしゃい」と言いました。

僕は後ろの車軸のところにある出っ張りに足をかけて「よいしょ！」と荷台にまたがりました。

「乗ったと？」

「うん！」

僕はドキドキしています。自転車にはまだ乗れませんが、後ろに乗せてもらうのが大好きなのです。大きい姉ちゃんが友達の赤い自転車を借りて練習しているところです。乗れるようになると、父が月賦《げっぷ》で自転車を買ってくれるそうです。ですが、大きい姉ちゃんは運動神経が鈍いので、いつ乗れるようになるかわかりません。もしかしたら、乗れなくて諦めるかもしれません。そうなれば、僕が自転車の練習をして、ゼッタイ一日で乗れるようになります。

「ゆーっと掴まっとかんばばい。よかね！」

桃子おばちゃんはそう言うと、チリンと一回ベルを鳴らしました。

僕はいよいよ出発だと思いました。もう、うれしくてたまりません。

桃子おばちゃんがサドルに跨ったまま、始めのペタルをぐぅいーっと踏み込みました。自転車がふんわりと動き始めます。

僕は思わず「ヤッホー！」と叫んでいました。

自転車は牛小屋の前を通って、内村さん家の石垣の角を曲がります。

桃子おばちゃんはなぜか知りませんが、「クックク ック……」と声を押し殺して笑っています。

僕は荷台の手すりに掴まり、脚はぶらんぶらんさせています。

牛車《ぎっしゃ》か、耕耘機しか通らない内村さん家の前の狭い道に出ますと、桃子おばちゃんは轍《わだち》のところを避けて少しずつ自転車のスピードを上げます。

「どぎゃんね、えすなか？」*

桃子おばちゃんはまだ小さく笑っています。

「なぁーんの、えすかろう。ごっつうおもしろか！」

僕は大きな声で答えます。

「祐ちゃんな、自転車にはよう乗せてもらっとっと？」

「うんにゃー、乗せてもろうとらん。昨日、初めて親戚ん兄ちゃんに、乗せてもろうたばっかい」

「ほんこてや。ばってん、乗り方のじょうずたい。馴れとんしゃる。ハンドルのぐらぐらせんもん」

桃子おばちゃんはそう言うと、お尻をひょいと上げて、ガッシャンガッシャンとチェーンの音をさせて、もっとスピードを上げました。

突き当たりの古川《ふるかわ》せんべい屋さんの前の道をキッキキーとブレーキをかけ、商店街のほうに曲がります。ここは砂利道で、時折、自動車も通ります。商店街の大通りに出ると、アスファルト道路になります。舗装された道になりますので、荷台がガタガタしません。しかし、ボンネット型のバスも通りますので、バスが来たら、自転車から降りなくてはなりません。後ろからバスに「プップー！」と、突然クラクションを鳴らされますと、びっくりします。その拍

＊えすなか？（怖くない？）

子に倒れますと、大変なのです。クラクションを鳴らされただけで、交通事故になるような町なのです。ですから、たいていの人は自転車から降りて、バスが通り過ぎるまで道端で待っています。

山崎歯医者さんの角のところに来て、桃子おばちゃんは自転車から降りて、

「大通りは車のよんにょ来《く》けん、あぶなか。駅まで歩くばい」と言ってきました。

僕は「うん、よかばい」と返事して、勢いよく自転車から跳び降りました。

「うんにゃー、祐ちゃんな、＊さかしかたい」

桃子おばちゃんは両手でハンドルを握って、自転車を押しています。ハンドルには大きな手提げ籠《かご》が一つぶら下げてあります。何が入っているかわかりませんが、軽そうです。

橋本魚屋さんの前を通るとき、桃子おばちゃんは「橋本のかあちゃん！」と呼んで、「今日は、まだお盆ばい。お盆でん、店ば開けとっと。そぎゃん、稼《かせ》いでどぎゃんするかん？」と店の奥まったところにいる、橋本のかあちゃんに声をかけます。

すると、橋本のかあちゃんは「どぎゃんもこぎゃんもせん。お盆やっけん、魚はあがらんたい。ばってん、えん家《ち》んとうちゃんがさ、*ちかーっと刺身ば食いたかって言いよらすもんね。なぁーんの、酒の肴たい。わがばっかい、食うてさ」と何やら、怒っているわりにはうれしそうに不満を言っているのです。

「うんにゃー、そいは仲んよかたい。とうちゃんには、ずっと*気張ってもろうたとやろ。盆くらいは、サービスせんばたい」

桃子おばちゃんはそう言うと、「あっははー」と大きな声で笑いました。

「ばってん、桃子しゃんは自転車でどこに行くかん？」

橋本のかあちゃんが店先に出てきます。

「小江たい。小江のばあちゃん家《ち》！」

「小江に行くと。あいば、こいば持っていきんしゃい」と言い、橋本のかあちゃんは店の棚から、あごのちくわを五本ばかり新聞紙に包んで手渡そうとしました。

「よかばい。荷物になるけん」

「なぁーんの、よかたい。食いもんやっけん、食えば*のうなる」


*さかしか（すばしっこい）　*ちかーっと（ちょっと）　*気張って（頑張って）　*のうなる（なくなる）

「橋本のかあちゃんには負けるばい。小江までは食えんけん、荷物ばい。ばってん、よかたい」

桃子おばちゃんはそう言うと、「祐ちゃん、ちくわばもろうてきんしゃい」と、僕に新聞紙に包まれたちくわをもらって来るように促しました。

「祐ちゃんも一緒に行くと？」

橋本のかあちゃんが訊きます。

「うん。小江には正夫しゃんがおんしゃるけん、遊びに行くとたい」

僕は橋本のかあちゃんからちくわを受け取りました。

「うんにゃー、そいはよかたい。気つけんばばい」

橋本のかあちゃんはそう言うと、再び店の奥のほうに引っ込んでしまいました。

次に、桃子おばちゃんは大壺お菓子屋さんの前で止まりました。小江のばあちゃん家の仏壇のお供え物だと言って、マルボーロを箱ごと買ったのです。それを桃子おばちゃんはハンドルにぶらさげている手提げ籠に入れました。

「ぐちゃぐちゃにならんやろうかね」と桃子おばちゃんはひとり言を呟き、「そぎゃんなれば、そぎゃんときたい」と自分で答えて、「ねぇー、祐ちゃん？」と僕に訊いてきました。

僕は「うん！」と大きく頷いて、「そぎゃんなれば、おいが食うてやるけん、心配せんちゃよか」と胸を張って答えてみせました。

すると、桃子おばちゃんは「わがが一人で食うと」と言い、「おばちゃんにはくれんと？」と訊いてきたのです。

一瞬、僕は「箱ごとは多かばい」と思いました。そして、食べ切れないのなら、半分は桃子おばちゃんにあげて、あとの半分は自分で食べて、それでも食べ切れなければ、妹におみやげに持って帰ろうと考えたのです。

ですから、僕は「よかばい。桃子おばちゃんには半分やるけん」と答えたのです。

桃子おばちゃんは「えっ！」というような驚きの目で僕を見て、「祐ちゃんな、ほんなこつ、面白かね！」と言い、あとは「わっはは……」と声を出して笑い、「冗談ばい、じょうだん」と言ったのです。

このとき、僕は頭に少しカチンときました。

「なぁー、桃子おばちゃんな、*すらごとば言いよんしゃるたい。大人は子どんばだますけん、いっちょん好《す》かん！」

僕はそう桃子おばちゃんに言ってやったのです。

桃子おばちゃんは「かんにん……」と言ってあやまり、「小江に着けば、マルボーロば一つやるけん、そいで許してくんしゃい。もうー、どっちがだまされたか、わからんたい」と、首を何やらしきりにかしげていました。

でも、僕は「やったー！」と両手を上げて喜んでいました。


駅前の角にある郵便局を通り過ぎると、商店街が終わります。それと同時に、アスファルトで舗装された道路も終わって、再び砂利道になります。ですが、砂利道だといっても国道ですから、時折トラックやオート三輪車などが通ります。後ろから「プップー」とクラクションを鳴らされたら、注意しなければなりません。

桃子おばちゃんはアスファルト道路が終わって、砂利道が始まる駐在所の前で自転車にまたがり、「祐ちゃん、乗んしゃい。こいかい、坂道やっけん、*とばすばい」と言ってきました。

僕は後ろの荷台にまたがり、「よかばい」と返事しました。

「後ろかい、トラックの来れば教えてやるけん」

「そぎゃんね、あいば教えてくんしゃい」

桃子おばちゃんはそう言うと、びゅーんと自転車を走らせました。

公相寺《こうそうじ》の急坂にさしかかると、桃子おばちゃんはブレーキをキッキッキーと掛けながら、少しずつスピードを落とします。

「おっとー、こん坂はやっぱー、スピードの出るばい。えすかー」

桃子おばちゃんが言います。

しかし、僕は反対にスピードが出ておもしろいものですから「もっとスピードば出しんしゃい」という気分なのです。

この急坂は膳住寺名《ぜんじゅうじみょう》へと行く分かれ道まで続いています。そこから先は田島川までゆるい坂です。田島川の橋を渡ると、八幡神社までずっと田圃沿いの平坦な真っ直ぐな道が続きます。

田島川の橋を渡ってから、急に暑くなりました。風がやんだというより、ス

*すらごと（うそつき）　*とばすばい（速くなるよ）

ピードが出ていないので、顔に風が当たらなくなったせいでしょう。

僕は荷台の手すりにしっかり掴まっていました。砂利道で、少しお尻がガタガタします。田圃の青い稲穂の上空には、黒光りしているツバメが低空飛行をこころみています。

桃子おばちゃんはペタルを漕ぐのに夢中です。誰の歌を口ずさんでいるのか、僕にはわかりませんが、「フンフンフン……」とハミングしています。

このとき、僕は何か、とてもいい匂いをかいでいました。貝掘りに行ったとき、ポンポン船でかいだクチナシの花の匂いに似ています。そして、この匂いはどうやら、桃子おばちゃんの白いブラウスから匂ってくるようです。

僕は桃子おばちゃんの白いブラウスに鼻を近づけ、クンクンと匂いをかいでみました。なんだか、とてもいい香りです。目をつぶると、頭の中がふんわりと軽くなり、まるで夢の中で鳥になって大空を飛んでいるような感じです。僕は手すりから手を放し、両手を広げました。

自分ではツバメになって、上空を飛行している気分なのです。両手を広げていますが、自転車の振動で落っこちないように、両足はちゃんと荷台を強くぎゆっと挟みつけています。耳に聴こえてくるのは、ツバメのさえずりです。「ピュー」と近くでさえずって、「ピュー」と遠くで反転して聴こえてきます。ツバメが上空で反転しているのです。そうです。あの、剣豪の佐々木小次郎が編み出した「燕返し」です。僕は宮本武蔵です。両手を使って「エイ、ヤーッ！」と二刀流の使い手なのです。

と、そのときです。自転車が砂利道の凹みにがたんと落ち、一瞬、僕のお尻がふぁーっと浮いたのです。僕は思わず桃子おばちゃんの腰にしがみつきました。

「ありゃー！　びっくりしたと。かんにんしんしゃい」

桃子おばちゃんが言いました。

「うんにゃー、おいが悪かと」

僕が後ろで、宮本武蔵になりきって両手を振り回していたものですから、桃子おばちゃんはバランスをくずして、うまく凹みを避けきれなかったのです。

僕はすぐに桃子おばちゃんの腰から手を放し、荷台の手すりに掴まりました。

桃子おばちゃんはガシャガシャとチェーンの音をさせながら、ペタルを漕ぎ、

「祐ちゃんな、やさしかね……」と言い、「ばってん、おいが悪かって考えんちゃよかとばい。子どんは、子どんでよかと。あやまることはなか！」と言ってきたのです。

「うんにゃー、そがんやなかと。桃子おばちゃんな、よか匂いのすっとやんもん」

僕は思いきって、そう言ってみました。

すると、桃子おばちゃんは「よか匂いね……？」と訊き、しばらくしてから、「なぁーん！　洗濯石けんたい」と自分で答えました。

僕は「石けんの匂いかん！」とびっくりしました。

「ぷーんって、よか匂いのすっと。そいば嗅《か》いどけば、なんか知らんばってん、頭のほんわかって軽うなると。そぎゃんなればさ、気持ちんよかとー。目ばつぶってばい、手ば放せば、ツバメたい。低空飛行ばして、クルッとひっくり返ると。燕返したい！」

「わちゃー、燕返しね？」

桃子おばちゃんはそう言うと、「うちには、いっちょんわからんばい」と言って笑っていました。

それから、桃子おばちゃんはまた「フンフンフン……」とハミングしていました。


石の鳥居のある八幡神社の前を、道なりに曲がりますと、こんもりとした森があります。そのおかげで、砂利道は日陰になって、急に涼しくなりました。

「桃子おばちゃん！　小江には柾子ちゃんもおんしゃっと？」

しばらくして、僕が訊きました。

「うん、おるばい。どぎゃんして……？」

「うんにゃー、どぎゃんもなかばってがさ……」

僕はなんとなく訊きづらくて、途中でやめようと思ったのです。

「なんね、言ってみんしゃい。柾子とまた、喧嘩したと？」

「喧嘩はしとらんばってん……」

「なんね。早う言いしゃい！」

桃子おばちゃんがいらだってきました。

僕は黙ったままです。

前方から土煙を立てながら、トラックがやって来ました。

桃子おばちゃんは自転車から降りて、道路のわきに寄せます。

「降りんでよか。乗っときんしゃい」

トラックが「プップー」とクラクションを鳴らして通り過ぎます。

土煙がおさまってから、桃子おばちゃんが再び、ガシャガシャとチェーンの音を響かせながら、ペタルを漕ぎ始めました。

「柾子ちゃんなのぼせ*とっと」

僕はそう言って、また口をつむりました。

桃子おばちゃんは、今度は何も言ってきません。黙々とペタルを漕ぎ続けています。

「赤めしば炊いてもろうたとばい、大人になったとばいって言いよらす。ばってん、おいにはいっちょんわからんたい。なんば言いよらすと……？」

桃子おばちゃんがブレーキをかけて、自転車を止めました。

先のほうに長崎本線の鉄橋が見えます。下に国道が通っているのです。その鉄橋の手前に、お店が一軒だけ、ぽっんと立っています。なんでも売っている今泉《いまいずみ》商店です。

桃子おばちゃんは今泉商店を指さして、「今泉さんのとこで、休むばい。ぬっかけん、アイスキャンディーばおごってやるけん。そこまで、ちかっと歩きんしゃい」と言ってきました。

僕は後ろの荷台から「うん。よかばい」と言って飛び降りました。

前を桃子おばちゃんが自転車のハンドルを持って歩き、後ろを僕が歩きます。

「祐ちゃんな男やっけん、おなごのことはなんもわからんたいね」と言って、桃子おばちゃんが話し始めました。

「おなごは月に一回、メンスちゅうもんがあっとたい。なぁーんの、男も大人になればわかるけん、今はわからんちゃよか。ばってん、おなごは赤ん坊ば産まんばでけん、大事か仕事のあっとたい。そいやっけん、おなごにはやさしゅうせんば。そいはわかるやろ?」

僕は黙っていました。

「赤ん坊ば産むっちゅうことは、ごっつうきつかことばい。死ぬることもあっ

＊のぼせとっと（いい気になってるんだよ）

けんね。そいやっけん、おなごは赤めしば炊いて、お祝いしてもらうとたい。柾子がのぼせちょっとは、当たり前のことばい」

桃子おばちゃんはそう話し終わると、自分だけ自転車に乗って、「祐ちゃん、走《はし》んしゃい！」と言いました。

僕は桃子おばちゃんに言われてダッシュしました。僕は足が速いので、すぐに桃子おばちゃんの自転車を追い越しました。今泉商店には僕のほうが先に着いたのです。

桃子おばちゃんは「はあ、はあ……」と息をつきながら、「祐ちゃんな、速かたい！」と驚いていました。

今泉商店で、僕はアイスキャンディーではなくて、バケツの中の氷水で冷やされたラムネを飲みました。母からアイスキャンディーを食べたら、また下痢をするので「食《た》べんとばい！」と釘を差されていたからです。

僕がアイスキャンディーを食べないと言ったら、桃子おばちゃんも「あいば、おばちゃんもラムネば飲もうたい」と言って、ラムネを二本、プシューと開けたのです。泡がシュワシュワと出ます。僕はすぐに舌でラムネの瓶に栓をします。それでも泡があふれ出てきますので、ごくんごくんと飲みます。ひと飲みして、息を深くふぁーとはき、「うまかぁー！」と叫ぶと、本当にうまく感じるので不思議です。

桃子おばちゃんは「ここで、ひと休みするばい」と言って、麦わら帽子を取りました。前髪の汗が一滴落ちます。桃子おばちゃんは店の奥に行き、テーブルの前の長椅子に腰掛けました。僕は店の外に出て、葉が青々と繁った柿の木の下に座って、ラムネを少しずつ飲みました。ラムネを飲み終わりますと、汗がぶわぁーっと吹き出てきます。

僕は汗を素手で拭いました。浜に近いので、風があります。桃子おばちゃんが「こいば、舐《な》むんね？」と言って、さっき店を出るときに、ガラスケースの中からあめ玉を一個買ってくれたのです。表面にザラメが付いています。口に含みますと、舌の奥からじわっと砂糖の甘みが口中に広がります。あめ玉は噛まずに口に含んで、だんだん小さくなるまでしゃぶっています。そして、これ以上小さくならないところで、カリッと噛むのです。

今泉商店の前を耕耘機が一台通り過ぎました。そのあと、何も積んでいない空のオート三輪車がばたばたと砂埃を立てて通り過ぎました。

僕は店の裏側に逃げて、ポンプで井戸水を汲み上げ、直接口で受けてごくんごくん飲みました。

桃子おばちゃんが店から出てきたのは、僕がちょうど店の裏側から戻ってきたときでした。さっきの空のオート三輪車の砂埃は、もうおさまっていました。

「祐ちゃん、乗んしゃい！　鉄橋ばくぐれば、浜やっけん、よか風の吹くばい」

僕は後ろの車輪のところにある出っ張りに、足をかけて荷台にまたがりました。荷台に板が敷いてありますから、砂利道でも、ただがたがたするだけで、お尻が痛くなることはありません。それより、風を切って走るので、うれしくてたまりません。

鉄橋をくぐると、すぐそばに潮のひいた浜があります。乳白色のがたにたくさんのシオマネキが出ています。浜風が吹いて、ほんとうに気持ちいいです。

桃子おばちゃんがまた、歌をうたい始めました。今度はハミングではなくて、歌詞がちゃんとあります。ですが、僕には何の歌かわかりません。姉たちが歌うたではないのです。ひょっとしたら、日本語ではないのかもしれません。

桃子おばちゃんがリンを「チリン、チリン……」と鳴らします。前を二人連れのおんちゃんたちが歩いています。自転車が近づいたことを知らせたのです。二人とも大きな風呂敷に重箱を包んでいます。おそらくお盆の親戚回りでしょう。少し酔っ払っているのかもしれません。

二人連れのおんちゃんたちをやり過ごしてから、桃子おばちゃんがふと、「祐ちゃんな、大人になったら、何になるかん？」と訊いてきました。

僕はとっさに「パイロット！」と答えました。

しかし、僕は背が低いので、本当はパイロットにはなれないのです。パイロットになるには、まず身体検査に合格しなければならないのだそうです。僕は中学校を卒業すると、名古屋の親戚ん家の自動車の部品を作っている工場に行くことになっています。ですが、それだけではつまらないのです。ですから、夢だけは鳥のように大空を自由に飛べる、パイロットになりたいのです。

「ばってん、背の低《ひく》かけん、パイロットにはなれんたい」

「うんにゃー、祐ちゃんなまだ、こいかい背のいくらでん伸びるばい。男ん子は、中学生になれば、変わるけんね。髭も生えっと」

「ほんなこてや。あいば、自衛隊に入らんばたい」

「自衛隊？　そいはなんね」

桃子おばちゃんが大きな声で訊きます。びっくりしたようなのです。

「おいは頭の悪かけん、私立の高校しかいかれんたい。そぎゃんなれば、ゼニのかかるたい。ばってん、自衛隊に入れば、月給ばもらえるとたい。ゼニばもらいながら、飛行機の運転ば教えてくれっちゅうもんね。よかことばっかい」

僕は正夫くんが教えてくれたとおりのことを言いました。

すると、桃子おばちゃんは「自衛隊ばっかいは、いかんばい*」と、再び大きな声で言ったのです。

「どぎゃんして？」

僕はいい考えだとばかり思っていたのです。

「自衛隊は人殺しばい」

「人殺し……？」

僕は不思議に思いました。今まで聞いたこともない話なのです。自衛隊は諫早大水害のときに、救援物資を運んでくれたり、ブルドーザーで大川の堤防を造ってくれたりしていました。小学校の校庭で映画も見せてくれたのです。

「おばちゃんは、戦争はもうよか。ピカドンで、うちん姉ちゃんも死にんしゃったとばい……」

桃子おばちゃんはそう言ったきり、黙ってしまいました。

このとき、僕はずっと不思議に思っていたことを訊いてみました。

「桃子おばちゃん。姉ちゃんたちが言いよらすとばってん、おばちゃんはヒバクしとらすとって……。そんヒバクってなんかん？」

桃子おばちゃんはしばらくして、「おばちゃんも、ピカドンにやられとっと。原爆病たい」と言いました。

僕は「原爆病」と聞いて、びっくりしました。

父と同じ長崎駅で働いていた澤村のおじさんが亡くなったのは、去年の夏の終わりごろでした。父と一緒に浦上の原爆病院に一回、見舞いに行ったことがあります。とても元気そうで、病気には見えませんでした。ベッドに浴衣を着て寝ているので、病気かなと思えるくらいでした。澤村のおじさんからは病院

＊いかんばい（駄目よ）

の売店でグリコキャラメルを買ってもらいました。グリコキャラメルは「一度で二度おいしい」キャラメルなのです。とてもおいしかったのを覚えています。その澤村のおじさんは原爆病で死んだのです。ピカドンで放射能を浴びたのだそうです。

「あいば、桃子おばちゃんは死ぬと?」

僕はゼッタイいやだと思いながら訊きました。

すると、桃子おばちゃんは「いんにゃぁー、まだ死なんばい」と答えたのです。

僕はほっとしました。そして、ほっとしたと同時に、なぜか自分でもわかりませんが、涙がポロポロと出てきたのです。

僕は男ですから、女子《おなご》には涙を見せてはいけないのです。兄が涙を流しているところを、僕は見たことがありません。ですが、どんなに歯を食いしばって、涙をこらえようとしてもだめでした。

「祐ちゃんな、なんば泣きよらすと?」

桃子おばちゃんが訊きました。

僕は「うんにゃー、泣いとらん」と答えようとしたのですが、答えられませんでした。

桃子おばちゃんのほうが、どうも様子がおかしかったのです。背中がブルッと震えていたのです。このとき、桃子おばちゃんはきっと心のなかで泣いていたのだと思います。

僕は手のひらで涙を拭いました。

「心配せんちゃよかばい。おばちゃんな、まだ死なんけんね。おばちゃんには子どんがおらんたい。放射能でやられとっけん、赤ん坊のできんと。石女《うまずめ》たい。西田さん家《ち》から追ん出されたのも、当たり前のことばい。ばってん、そんとき赤ん坊のできとれば、祐ちゃんと一緒で小学生たい」

桃子おばちゃんはそう話し終わりますと、前のほうから砂埃をあげながらやって来る、ボンネット型のバスが来ているのを見て、自転車をとめました。そして、僕を自転車に乗せたまま、自分は自転車から降りて、じっとバスが通り過ぎるのを待っていました。

砂利道の国道は、この先ずっと海岸線沿いに続いています。先端の岬を回りますと、小江の町です。浜は潮が引いていて、ずうーっと先まで干潟です。たくさんの生き物たちが、いっときの休憩に入っています。アサリはピューッと潮を吹き、ムツゴロウはピョンピョンと干潟を跳ねています。

桃子おばちゃんがバスをやり過ごしてから「祐ちゃん、ちかっと浜に下りばい」と言い、前方の入江を指さしました。

「うん。よかばってん、どぎゃんしたと？」

僕はようやく元気を取り戻していました。

「＊きつかと？」

僕が訊きました。

すると、桃子おばちゃんは「きつうなかばってん、よかことば思いついたったい」と答えてきました。

僕は自転車から降りて、ちょっと上り坂になっている砂利道を後ろから「うんとこしょ、どっこいしょ」と押しました。桃子おばちゃんはきつくないと言っていますが、きっと暑さで体が「＊ねまって」いるのでしょう。それと、僕が気になっていたのは「よかこと」って何だろうと思ったことです。ですが、桃子おばちゃんは何も話してくれません。

入江のところに来て、桃子おばちゃんは自転車のスタンドをおろして止めました。大きな手提げ籠を手に持つと、さっさと堤防を下りて行きます。

僕は桃子おばちゃんのあとについて歩いています。さっき今泉商店でラムネと井戸水をたっぷり飲んだせいか、小便したくなっています。不思議なもので汗が出ているのに、小便はしたくなるのです。困ったものです。

僕は石段を下りて、がた海に突き出ている船着き場のほうには行かずに、反対側の畑に向かって歩きました。畑には肥やしを撒きますので、畑に小便しても、誰も文句は言わないのです。むしろ、有り難がられます。

「祐ちゃん、どこに行くと?」

桃子おばちゃんが後ろを振り向いて訊いてきました。後ろから付いて来ていないのに、気がついたのでしょう。

「どこも、行かんばってん、小便したかと。そこん、畑でしてくっけん」

僕は畑の土手側にある、草むらを指さしました。

すると、どうしたことか、桃子おばちゃんも「うちもしたかけん、ちかっと
*きつかと（つらいの）　*ねまって（しんどい）

待たんね」と言ってきたのです。

僕は「ありゃ!」と思いました。男は立って小便できますが、女子《おなご》は座ってしますから、一緒に「飛ばしっこ」はできないのです。

「よか。おいは一人ですっけん」

「なんの、連れしょんたい!」

桃子おばちゃんはそう言うと、腰の紐をシュルシュルと解き、もんぺをぺろりと脱ぎました。

桃子おばちゃんは、僕が立っているすぐそばにしゃがみ込んでいます。畑の土手側の草むらに向かってしょーっと小便を飛ばしています。かなり先まで飛んでいるのに、僕はびっくりしました。

「女子《おなご》の小便も、よう飛ぶたい」

「なんの、小学生には負けんばい」

桃子おばちゃんは「えへへ……」と笑いながら、立ち上がりますと、今度はもんぺの腰紐をぎゅっと結びました。

「祐ちゃんな、まだインゲの生えとらんたい」

桃子おばちゃんがぼそりと言いました。

僕は「はあっ！」と思いました。

「よかと、そんうちに生えるけん。大人になれば、わかるたい」

桃子おばちゃんはそう言ってから、船着き場のほうに歩いて行きました。そして、船着き場のおおきな置き石の上に腰掛けました。それから、手に持っている手提げ籠からマルボーロの入った箱を取り出したのです。

「よかことって、そんマルボーロば、こそっと食《く》うことね？」

僕は目を輝かして言いました。

「そうたい。ちかっと悪かことばするばってん、黙っときんしゃいよ」

桃子おばちゃんも悪戯っぽい目で言いました。それから、桃子おばちゃんは僕に箱から取り出したマルボーロを一つ手渡したのです。小江のおばちゃん家《ち》のお盆のお供えものなのに……。

僕はすばやくぱくりとかぶりつきました。桃子おばちゃんの気が変わらないうちに、と思いつつ。じわーっとカステラのあまさが口中に広がります。

「うんにゃー、うまかばい！」

「うまかね！」

桃子おばちゃんがおうむ返しに答えます。

夏の太陽はがんがんに照りつけていますが、干潟の乾いた匂いと一緒に潮風が吹き付けてくるものですから、とてもいい気持ちです。それに、僕の大好きな桃子おばちゃんがほんのすぐそばに背中合わせにいます。クチナシの花の匂いが漂っていますす。おまけに、口の中には桃子おばちゃんよりもっと大好きなマルボーロが入っているのですから、僕はもう夢心地です。

遠くに見えるのは、雲仙の山です。長く裾野を引いています。諫早湾の奥深くまで入り込んでいるがた海は、青い海ではありません。乳白色の干潟の海なのです。内村さん家の松じいちゃんは「宝の海」と言っています。キラキラと宝石のように、貝や魚がいっぱいいるからでしょう。

桃子おばちゃんが背中をくっつけてきます。僕は暑いので、すぐに離れます。

「離れんちゃ、よかたい」

桃子おばちゃんが言います。

「うんにゃー、くっつけば汗の出るとばい。気持ちん悪か」

僕が言います。

「なんの、そいがよかとたい」

僕には大人の人の言うことがわかりません。大人は子どもを騙します。ですから、僕は大人は大嫌いなのです。ですが、僕は、桃子おばちゃんはマルボーロと同じくらい大好きなのです。


小江の町に入るまで、桃子おばちゃんは海岸線の国道を歌をうたいながら、軽快に自転車を走らせました。小舟津《こふなつ》の先端を回って、小江の商店街に入ると、再びアスファルト道路になります。

小江の駅前を通り過ぎてから、丘のほうに向かいますので、坂道になります。ここからは後ろに人を乗せて、とても坂道は上れませんので、僕は自転車から降りました。長崎本線の線路に沿って、しばらく自転車を押しながら坂道を上って行きますと、踏切があります。桃子おばちゃんの小江の親戚ん家《ち》は、じつはこの踏切をわたったすぐそばにありました。

黒瓦屋根の大きな家です。内村さん家と同じくらいです。庭が広く、母屋の裏側にはスイカ畑があるそうです。
僕はよく正夫くんからスイカの話を聞かされていました。井戸に吊して冷やすのだそうです。一人、一個は食べられると言います。僕は「ほんなこてや？」と思っています。一度は本当に自分一人で、スイカを一個食べてみたいものです。

広い庭に面している縁側に、柾子ちゃんと春子ちゃんがいました。ここの小江の親戚ん家の子どもでしょうか。ほかに三人ばかり、見馴れない女の子たちがいて、みんなでトランプをしていました。ですが、中学生の正夫くんはいません。庭先から、僕が柾子ちゃんに「正夫しゃんな、どこにおらすと？」と尋ねますと、柾子ちゃんは「ぶた小屋」とだけ答えて、トランプの「ばば抜き」に夢中です。

僕は桃子おばちゃんに連れられて、まず裏口から母屋に入って、一番奥の大広間の天井まである仏壇に手を合わせ、小江のおばちゃんに「こんにちは」の挨拶を済ませてから、正夫くんに会いにぶた小屋に行きました。本当は、朝、家でお坊さんと一緒に仏壇に手を合わせてきたばかりですから、やりたくなかったのですが、しようがありません。だって、お供え物のマルボーロを桃子おばちゃんと一緒になって盗み食いしてきたのですから。そのマルボーロは、桃子おばちゃんがおぼんにのせて、橋本魚屋さんのちくわと一緒に、仏壇にお供えしていました。桃子おばちゃんはただ指先を額と肩のほうにもっていって、十字を切るだけです。手を合わせて「なむあみだぶつ」と念仏を唱えなくていいのですから、その分、得だ、と僕は思います。

ぶた小屋はスイカ畑の隅っこのほうにありました。そこで、正夫くんは親戚ん家の兄ちゃんと一緒にぶたの世話をしていました。子ぶたが三匹生まれたばかりで「ブイブイ……」と鳴いてとてもうるさいのです。おまけにぶた小屋はひじょうにくそ臭いので、僕は子ぶたの頭を「よし、よし……」と撫でてから、柾子ちゃんたちがいる母屋のほうに引き返しました。

僕は庭先から縁側に上がりました。柾子ちゃんが「ばば抜き」に勝って、罰ゲームの「しっぺ」をしているところです。みんなが柾子ちゃんの目の前で、手のひらを重ねて山をつくっています。

「祐ちゃんも入っとやろ？」

僕を見つけた柾子ちゃんが、さっそく声をかけてきます。

「うん、入れてくんしゃい」

僕は場所をあけてくれた、柾子ちゃんの隣に座りました。

「あいば、入った者《もん》が一番上に乗せんば」

柾子ちゃんが妙なルールを押しつけてきます。

「よかばい」

僕はにやっとして、手の甲を上にして乗せました。うまく逃げられる自信が、僕にはあったのです。

柾子ちゃんが下唇を上の歯でぎゅっと噛みます。ここだと思って、僕はすばやく手を引っ込めました。

柾子ちゃんは見事にみんなから「しっぺ返し」を喰らっていたのです。いやというほど床の板を、自分の手のひらでぶっていました。

「痛かぁー！」

柾子ちゃんが叫びます。

「ざまぁー、なかたい！」

僕は「いひひ……」と笑いました。

柾子ちゃんが僕をぎろりと睨みつけて、いきなりぽかりと頭を殴ります。

「ばーか！」

柾子ちゃんはそう言うと、ぷいと横を向きました。

そこへ、桃子おばちゃんが真ん丸い大きなスイカを両手で抱きかかえるようにして、縁側に現れました。

「スイカばい。スイカば食うばい。三時のおやつたい！」

桃子おばちゃんは、後ろから包丁とまな板を持って付いて来ていた中学生ぐらいの知恵子《ちえこ》姉ちゃんに「まな板はそこばい」と指図していました。

みんなが桃子おばちゃんを囲んで、スイカを切るのを見ています。

「柾子はまた、祐ちゃんと喧嘩しとっと？」

桃子おばちゃんが訊きます。

「うんにゃー、喧嘩しとらん」

柾子ちゃんが答えます。

「ねぇー、祐ちゃん」と柾子ちゃんは後ろから手を回してきて、僕の脇腹をぎゆっとつねるのです。「うん」と返事するように催促しているのです。

一瞬、僕は「痛ててぇー！」と叫びますが、ここは一応「喧嘩はしとらんばってん」と答えておきます。

しばらくして、切ったスイカをみんなに配り終えてから、桃子おばちゃんが「喧嘩はしとらんばってん、そん先はなんかん？」と訊いてきます。

ですが、僕はもうスイカを食べるのに夢中ですから、適当に「こすかと！」と答えておきます。

「うちのどこがこすかと？」

柾子ちゃんが肘鉄《ひじてつ》を喰らわしてきました。

「どこでんたい！」

スイカは冷たくて、とても甘いので、柾子ちゃんのことはどうでもいいのです。肘鉄を喰らっても、痛いのはほんのちょっとですから、なんともないのです。それよりも、スイカです。暑くて喉が渇いているところに、この冷たくて甘いスイカは最高なのです。

「なんね、そん食い方は？」

柾子ちゃんがまた、いちゃもんをつけてきます。

「こぎゃんやって、食うとばい」と言い、柾子ちゃんはタネを出さずに、ばりばりとスイカの皮だけ残して食べるのでした。

僕は柾子ちゃんの食べ方を見て、すごいと思いました。タネを一粒ひとつぶ口からプイと小皿に出すのではないのです。タネごと噛み砕いて飲み込むのです。ですから、僕が一切れ食べ終わるころには、柾子ちゃんは二切れ目を食べています。なるほどこうやって食べたら、スイカを一個丸ごと食べきれるかもしれない、と僕は思いました。

スイカを食べ終わりますと、僕たちはまた、トランプの続きをやりました。とても暑いので、外では遊べないのです。玄関の土間から上がった、囲炉裏のある部屋の柱時計が四時のボンを打ちました。

「四時ばい。帰《かえ》っぞ！」

正夫くんが言いました。

正夫くんはぶたの世話をしたあと、母屋の釜小屋のほうでやはり三時のおやつを食べて、囲炉裏のある部屋で、ここん家《ち》の爺さんの話し相手をしていたのです。

このとき、桃子おばちゃんは二階の、さっきの知恵子姉ちゃんの部屋で、少し疲れたからと言って、体を横にしていたそうです。

僕は桃子おばちゃんのことがなんとなく気になって、「桃子おばちゃんな、どぎゃんしんしゃったと？　自転車で帰らすとやろ？」と訊いていました。

できれば帰りも、桃子おばちゃんと一緒に自転車の後ろに乗って、僕は帰りたかったのです。バス賃は母からもらっていましたので、自転車で帰れば、その分の三十円が、自分の小遣いになるはずだったのです。

「おばちゃんな、今日は泊まりたい。明日帰らすと」

正夫くんが答えました。

そこで、僕は自転車で帰るのを諦めて、正夫くんたちと一緒に県営バスに乗って帰りました。

僕たちはボンネット型のバスのいちばん後ろの席に一列になって座りました。右側の窓際の席に正夫くん、僕は左側の窓際の席につきましたが、柾子ちゃんが「あら、うちはどこに座ればよかと？」と言ってくるものですから、僕が席を譲ってあげたのです。

バスの窓は開けられたままなので、涼しい風が吹き込んできます。浜の匂いと一緒に、かすかに甘酸っぱい匂いがします。柾子ちゃんの汗の匂いでしょうか。

行きは潮が引いていましたが、帰りはもう潮が満ちていて、がた海の諫早湾は乳白色の潮水で満杯になっていました。


僕ん家の真向かいの内村さん家にいた桃子おばちゃんの姿は、じつはここで僕の記憶のなかからすっかり消えています。姉たちの話を総合しますと、あれから、つまり僕を小江まで自転車に乗せて連れて行ってくれたあと、体調をくずして、しばらく長崎の赤十字病院に入院していたそうです。赤十字病院とは原爆病院のことで、そこに入院したら、二度と退院することはないと言われていたそうです。ですが、桃子おばちゃんは奇跡的に退院でき、博多の牧師のお兄さんのところに行ったとか、久留米の弁護士さんのところにお嫁にいったとか聞かされています。いずれにしても、桃子おばちゃんの消息はここでぷつりと切れたまま、現在に至っています。もしかしたら、姉たちが、当時、小学生の僕にショックを与えないように、桃子おばちゃんは原爆病院を奇跡的に退院して、久留米にお嫁に行ったのだと言っていただけだったのかもしれません。おそらく、桃子おばちゃんの遺体は博多で牧師をしているお兄さんに引き取られたのでしょう。ほぼ六十年前の話ですから、本当のことはすでに誰にもわかりません。僕ん家の両親はスペインのバルセロナオリンピックの年に相次いで亡くなり、小ちゃい姉ちゃんも、その次の年に両親のあとを追うように旅立っていますので。

夏休みが終わりますと、二学期が始まります。友だちがたくさんいる学校は、勉強は大嫌いですが、楽しいことばかりです。柾子ちゃんは学校ではとてもおとなしいのです。ですから、僕は学校で柾子ちゃんと顔を合わせてもなんともありません。

そして、ぬっか夏が終わり、涼しくなりますと、今度は待望の秋の季節です。秋になりますと、僕たちは山に行きます。山には栗《くり》や椎《しい》、椋《むく》、うんべといったたくさんの甘い木の実がなっています。とくにうんべは甘くておいしいのです。早く採りに行かなくては、ほかの連中に採られてしまいます。そうです、僕たちはまだまだ遊びに夢中でした。

（完）

【解説】

# 夢みつつ誘はれつつ

細川光洋

諫早について、地元出身の作家野呂邦暢は次のように紹介している。「有明海はソラマメの形をしている。地図ではそう見える。島原半島の北でその西半分が袋状にへこんでいて、諫早湾と呼ばれる。湾の奥に諫早の町がある」（「鳥・干潟・河口」）――いわばそのソラマメの袋状の胚芽にあたる諫早の湾口が「潮受け堤防」によって封じられ、ムツゴロウの跳ねる豊饒な干潟が消滅したのは、今から二十年前、一九九七年の春のことだった。

『諫早少年記』『諫早思春記』につづく本書『夏休み物語』が、二〇一七年の夏に刊行された理由もこのことと無縁ではない。物語の冒頭、「このもの語りは昭和三十年代後半の、団塊の世代の人たちが小学高学年のころの話です。当時はまだ諫早湾には、干潟のがた海がありました」と語り起こされるように、『夏休み物語』は、干潟とともに失われようとしている「戦後」という時代への、挽歌として執筆された連作なのだ。

『夏休み物語』の物語の時間は、月送りの十二章からなる『諫早少年記』でいえば、「七月二十五日」と八月の「廿日えべっさん」のちょうど間の時期にあたる。『諫早少年記』の中では、浦野さんはこの季節と切り離すことのできない長崎の記憶――原爆の惨禍について描くことはなかった。それを描かないことによって、『諫早少年記』の醇乎とした祝祭的な日々は成立した。ただ、夏の三つの章には、左目を射ぬかれた少女（「弓矢」）、浴衣の腰紐で縛られたまま家族とともに水害で死んだ友人（「七月二十五日」）、ほこで突かれ足を切断することになった餓鬼大将（「廿日えべっさん」）など、いずれの挿話にも心に残るような傷みが刻印されている。それをただちに描かれなかった戦争の記憶と結びつけることは妥当ではないかも知れないけれど、浦野さんの夏、そして長崎諫早の夏が、青空と太陽の季節だけでないのは確かであろう。

『夏休み物語』は、「貝掘り」「花火」「海水浴」「お盆」の四章からなる。このうち最も印象的なのは、全体の序章にあたる「貝掘り」だ。ポンポン船で行く干潟の海。『諫早少年記』の「不知火」の章で描かれた滑板《すべりいた》にのってくり出すこの潟海の風景こそ、浦野さんが一番書きたかったものにちがいない。少年たちが自在に操る滑板、郷土の詩人伊東静雄は、「有明海の思ひ出」のなかで望郷の思いをこめて次のように詠っている。

夢みつつ誘はれつつ
如何にしばしば少年等は
各自の小さい滑板にのり
彼の島を目指して滑りに行つただらう

夢みつつ誘はれつつ――しかし、『夏休み物語』の主人公祐二は、ほかの人のようにうまく滑板にのることができない。干潟にあがった船に仕方なく、ひとりぼっちで取り残されてしまう。けれど、船まわりのがたに腹這いになって泥にまみれているうちに、それまで何もないと思っていたがたの底から、さまざまな音が聞こえてくる。乳白色の「気色の悪い」泥の海が、「宝の海」へと鮮やかに変貌する瞬間だ。

しばらくじっとして耳を澄ましていると、周りがにわかに騒がしくなります。目の前のあちこちのがたに小さな穴が、シャボン玉がはじけるようにパチンパチンと幾つも空いていきます。次にそれらの穴からピュッピュッと低く潮を吹くものが登場します。これはおそらく、シャコかアサリでしょう。ピューッと高く二本潮を吹いているのは、アゲマキです。それから、がたの中から這い出してくるのは、たくさんの蟹たちです。大きな赤い鋏を一本だけもっているシオマネキは、どっしりと構えていて動かず、ぶつぶつと口に泡を溜めています。目線を少し上げると、鋭い歯を剥いたトビハゼがぴょんぴょんと跳びはねています。ムツゴロウは小さな丸い目をきゅっと立てて周りを警戒しています。

（「貝掘り」より）

読者を諫早の潟海に誘い出すような、いきいきとした描写である。滑板を持たない祐二は、潟海をひた滑るのではなく、その場を深く掘り進むことによって、貴重な貝をいくつも掘り当てる。この祐二の「貝掘り」術こそ、諫早少年譚を執筆する浦野さんの方法論にほかなるまい。耳を澄ますと遠い記憶の底からひょっこりあらわれる祐二や正夫や保夫ら少年たち、その姿は干潟に顔をだすシャコやアゲマキ、シオマネキ、トビハゼ、ムツゴロウたちと重なり合う。泥のようにまとわりつく郷愁に足をすくわれないように、記憶の底に眠っているものを丹念に掘り起こす。滑板にのったまま潟海に消えた少年の面影を詠う詩人とは別の方法で、浦野さんは諫早の魅力を見事に描き出した。

思えば「夏休み」も、潮の満ち引きに喩えるならば、大きく潮の引いた特別な時間といえるかも知れない。それは、ふだんの生活のなかでは隠されていた現実世界の別の顔が、泥海が魔法のように引いて現れる干潟のように、ふと顔をのぞかせる時間である。たとえばそれは、桃子おばちゃんの「ピカドン」の体験であったり、「小っちゃな四角い仏壇」のなかに収めてある「銀色のクルス」や白いスカーフの下の美しい十字架の首飾りであったりする。学校では「おとなしい」征子が時折見せる大人びた仕種も、「夏休み」という時間ならばこそなのだ。

『夏休み物語』のなかで、「桃子おばちゃん」を通して、浦野さんははじめて長崎の原爆体験を描いた。この「桃子おばちゃん」の存在が、これまでの諫早少年譚にない陰翳を物語世界に与えている。「桃子おばちゃん」とはいうけれど、「年上の女性」として、大人の世界の匂いを身にまとう彼女は、祐二の『夏休み物語』のヒロインである。

浦野さんの諫早少年譚の魅力は、少年たちの話す「諫早ことば」によるところが大きい。浦野さんにとって「諫早ことば」は、想像の潟海にのり出すときの滑板なのだ。この滑板にのって、浦野さんは豊饒な少年時代に還るのである。夢みつつ誘はれつつ――

『夏休み物語』によって『諫早少年記』『諫早思春記』とつづいた諫早三部作はひとまず完結したように見える。それでも、一読者として、私はこう願わずにはいられない。――諫早の少年たちよ、永遠なれ！

（ほそかわ　みつひろ／静岡県立大学教授、日本近代文学）

# あとがき

私は「ギロチン堤防」で一躍有名になった、諫早は高来町出身だ。少年時代、干潟の前海《まえうみ》に父親と一緒に、よくハゼ釣りに行ったものだった。潮の満ち引きが速くて、ぬかるがたに足をとられながら、父親の後を必死で追っていたのを、昨日のように鮮明に覚えている。

あれから、六十年あまり、現在、私は東京に住んでいて、故郷・諫早を題材に描いた作品を二冊（『諫早少年記』（風媒社）、『諫早春思記』（右文書院））出版している。今回は、発売だけを右文書院の三武義彦さんにお世話になった。イラストは文芸誌「テクネ」でお世話になっている、イラストレーターのたかやなぎゆき（黒岩有希・元ニキ美術館館長）さんにお願いした。それから、解説文（本誌掲載）を細川光洋さんに書いていただいた。細川さんとは彼が早稲田大学の学生時代のころからの知り合いで、現在、短歌の「吉井勇」、随筆家の「寺田寅彦」の研究でご活躍されており、静岡の大学で「日本近代文学」の教鞭を執っている。お二人かたとも、私とは長い付き合いで、こんなかたちでコラボレーションできたことに感謝している。いずれも誌面をお借りしてお礼を申し上げたい。

浦野興治

二〇一七年文月

# 初出誌一覧

貝掘り　「テクネ」31（レック研究所）二〇一四年五月
花火　「テクネ」33（レック研究所）二〇一五年七月
海水浴　「テクネ」34（レック研究所）二〇一六年一月
お盆（「自転車」改題）　「テクネ」35（レック研究所）二〇一六年八月

（※すべて加筆訂正しています）

浦野興治（うらの　こうじ）

一九四七年、長崎県諫早市（旧高来町）生まれ、諫早高校卒業。東京都多摩市在住。小説家、文芸誌「テクネ」（レック研究所発行）主宰。二〇一三年から、「桃花節プロジェクト」の脚本を担当。八二年、小谷剛主宰「作家」（名古屋市）同人に参加し、創作活動開始。八六年より、「早稲田文学」（平岡篤頼編集）に作品発表。小川国夫主宰「青銅時代」同人を経て、八九年、文芸誌「テクネ」を立ち上げる。九三年、文芸同人誌「カプリチオ」創刊に参加。【小説】『ふらんす風邪』（沖積舎）『おどける父』『姉とうまかビール』（各青弓社）『諫早少年記』（風媒社）『諫早春思記』（右文書院）『ピアスをしたシャム猫たち』『笑箱』『東京居酒屋噺』（各レック研究所）【環境】『諫早干潟干拓』（レック研究所）【演劇】『唐十郎がいる唐組がある二十一世紀』共著（青弓社）ほか

・Web検索　文芸誌「テクネ」ホームページ　http://www.tekune-89.com

夏休《なつやす》み物語《ものがたり》――昭和篇《しょうわへん》

二〇一七年七月二五日　発行

著者　浦野興治

発行　株式会社　レック研究所　テクネ編集室
〒150・0001
東京都渋谷区神宮六-三五-三　コープオリンピア三一八
電話　〇三・六四二七・七五〇一
FAx　〇三・三七九七・七五〇三

発売　株式会社　右文書院
〒101・0062
東京都千代田区神田駿河台一-五-六
電話　〇三・三二九二・〇四六〇
FAX　〇三・三二九二・〇四九二

印刷　昴印刷　株式会社



ISBN978-4-8421-0787-5　C0093　¥1500E